DI039816

BOOK**SHOTS**

WITHDRAWN

EL BUEN
MARIDO

EL BUEN MARIDO

JAMES PATTERSON
con DUANE SWIERCZYNSKI

OCEANO exprés

Los personajes e incidentes de este libro son resultado de la ficción.
Cualquier semejanza con personas reales, vivas o muertas,
es mera coincidencia ajena al autor.

EL BUEN MARIDO

Título original: *The House Husband*

© 2017, James Patterson

Publicado en colaboración con BookShots, un sello de
Little, Brown & Co., una división de Hachette Book Group, Inc.
El nombre y logotipo de BookShots son marcas registradas
de JBP Business, LLC.

Traducción: Sonia Verjovsky Paul

Portada: © 2017, Hachette Book Group, Inc.
Diseño de portada: Kapo Ng
Fotografía de portada: Kapo Ng
Fotografía de contraportada: bikeriderlondon / Shutterstock

D.R. © 2018, Editorial Océano de México, S.A. de C.V.
Eugenio Sue 55, Col. Polanco Chapultepec
C.P. 11560, Miguel Hidalgo, Ciudad de México
Tel. (55) 9178 5100 • info@oceano.com.mx

Primera edición: 2018

ISBN: 978-607-527-456-0

*Todos los derechos reservados. Quedan rigurosamente prohibidas,
sin la autorización escrita del editor, bajo las sanciones establecidas
en las leyes, la reproducción parcial o total de esta obra por cualquier
medio o procedimiento, comprendidos la reprografía y el tratamiento
informático, y la distribución de ejemplares de ella mediante
alquiler o préstamo público. ¿Necesitas reproducir una parte
de esta obra? Solicita el permiso en info@cempro.org.mx*

Impreso en México / *Printed in Mexico*

CAPÍTULO 1

AMO A MI FAMILIA. Con pasión, locura y desenfreno. Pero hay días en que los podría...

Vamos, no me quiero quejar. Pero a veces las cosas se ponen caóticas. ¡Qué digo a veces! Se ponen así *todo el tiempo*. Como cuando te esfuerzas por preparar la cena para tres niños hambrientos, a quienes no les gusta comer lo mismo.

Por ejemplo, el mes pasado nuestro hijo mayor, Jordan, decidió que era vegetariano. Era la noche familiar de *películas* y habíamos puesto *Bambi*. Es una apuesta segura, ¿no? Ja. Cuando Jordan preguntó por qué ese cruel cazador le había disparado a la mamá de Bambi, le dijimos la verdad (siempre les hablamos con la verdad a nuestros niños): el cazador estaba buscando comida para su familia.

Bueno, pues el pobre Jordie nos miró, observó la hamburguesa con queso que tenía en la charola, y luego volvió a levantar los ojos y nos dijo:

—¡¿Se comieron a la mamá de Bambi?!

Y se acabó la carne para nuestro hijo mayor.

Nuestro hijo de en medio, Jonathan, sólo consume la proteína que venga en forma de *nugget*. No le importa si es procesada u orgánica; ni siquiera si está hecha de la mamá de Bambi. Si es un *nugget* empanizado, se lo come. Y nada más.

En cuanto a nuestra dulce bebé Jennifer... bueno, ella insiste en comer sola, pero normalmente la comida llega a todos lados menos a su boca. Su sillita suele parecer una escena del crimen. Sería más fácil acordonar la zona con cinta de seguridad que limpiarla toda.

De alguna manera logro introducir suficientes nutrientes dentro de sus jóvenes cuerpos para sustentar su vida doce horas más (en otras palabras, hasta la hora del desayuno), ayudar a los dos niños mayores a bañarse, enjuagar a nuestra bebé en el fregadero de la cocina, enfundarlos a todos con sus pijamas, abrir las aventuras de *Babar, el Señor del Reino Elefante* para la hora del cuento y, finalmente, después de todo... llega la hora de ir a la cama.

Pero todavía no termina mi día. Se les olvida la escena del crimen en la cocina.

Después de lavar los platos, limpiar bien todas las superficies y llevar la sillita de Jennifer al basurero de desperdicios tóxicos (donde permanecerá enterrada por al menos cincuenta y ocho años antes de volver a ser segura para cualquier contacto humano), reúno la basura y el reciclaje, y los llevo hasta los botes de plástico que están detrás de nuestra casa.

Tenemos la suerte de vivir muy cerca del hermoso parque Fairmont y del río Schuylkill. A veces les pongo a los niños sus abrigos y los llevo hacia el río para ver a los equipos de regata remar de un lado a otro.

Pero la proximidad del parque significa que hay todo tipo de criaturas del bosque hurgando por ahí. Como las ardillas, a las que les encanta mordisquear nuestros contenedores de plástico para la basura. Un dato curioso: fue justo aquí, en Filadelfia, que por primera vez introdujeron ardillas en los parques de Estados Unidos, allá por 1847. Alguien decidió que a los visitantes de Franklin Square les divertirían esas pequeñas bestias malditas, así que soltaron a tres, junto con un poco de comida y cajas para hacer sus nidos.

Pues, sin duda, las ardillas eran algo muy divertido en ese entonces, pero hoy en día sus descendientes son pequeños rufianes desvergonzados que rompen a mordidas el plástico de calidad industrial para llegar a nuestra basura.

Y eso me recuerda que a esta hora ya debería haber una.

Bajo las escaleras hasta nuestro remodelado sótano y, por supuesto, hay una ardilla color nuez que, enojada, grita y salta de un lado a otro dentro de una jaula de alambre. Bueno, señor Cola Esponjosa, ¿acaso hubiera sido mejor no meterse a los botes de basura de la gente? Después de ponerme los guantes de hule y la mascarilla, llevo a la ardilla al depósito donde tenemos la caldera y el calentador de agua.

Una vez que cierro la puerta, el lugar queda perfectamente sellado. No hay manera de que nada pueda escapar... ni siquiera el aire. Y de eso se trata.

Giro la boquilla y escucho el suave silbido. Es increíblemente tranquilizador. El señor Cola Esponjosa no tiene la menor idea de lo que está por ocurrirle.

Y también de eso se trata.

CAPÍTULO 2

TEAGHAN BEAUMONT carga a su bebé y repasa sus opciones.

Ya le cambió el pañal, dos veces. Le ofreció pecho, pero él se dio la vuelta, gruñón. Le dio unas gotas de simeticona, en caso de que estuviera sufriendo cólicos provocados por gases. Y no. ¿Quizás está demasiado cansado? Sí, bueno, también Teaghan lo está. *Únete al club, niño.*

Christopher, el bebé, llora y llora, a pesar de que ella se pasea de un lado al otro de su departamento, acurrucándolo sobre su hombro, arrullándolo, cantándole. Aunque sería preferible que Teaghan deje de hacer eso; su marido siempre dice que es más desafinada que un gato resfriado.

—Todo va a estar *bien*, gallito —murmura Teaghan por encima de los gritos lastimeros del bebé—. Va a estar *bien* —no sabe si está tranquilizando a su hijo o a sí misma.

Son las tres de la mañana, y en cinco horas Teaghan tendrá que volver a su empleo después de seis largas, maravillosas y agotadoras semanas de incapacidad por maternidad. Técnicamente, le permiten ocho, pero a su cuenta de ahorros no le importan los tecnicismos. Necesitan su nómina *ya*.

Su esposo, Charlie, es escritor independiente y, en el mejor de los casos, sus cheques llegan esporádicamente. Aunque a Teaghan le parece que en estas últimas seis semanas él no ha abierto su computadora portátil ni una sola vez. No es que ella lo culpe, ¿cómo podría trabajar cuando tiene un hermoso hijo nuevo en el departamento?

Charlie siempre quiso una familia, pues creció en un hogar lleno de chicos revoltosos criados por padres amorosos y comprensivos. La experiencia de Teaghan fue algo, eh... *distinta*, por decirlo de alguna forma. Claro, en teoría, una familia grande sonaba bien, algo que anhelar algún día. Mientras tanto, su empleo era todo para ella. ¡Diablos!, suficiente esfuerzo le había costado hacer un espacio en su horario para su marido.

Pero Charlie le recordaba que el tiempo apremia, y Teaghan sabía que él tenía razón. ¡Vaya injusticia biológica! En teoría, un hombre puede tener un hijo incluso pasados los noventa años, pero si una mujer de cuarenta años trata de embarazarse, se le considera de "alto riesgo". La frase siempre le molestó a Teaghan. *¿Alto riesgo*, como si pudiera estallar el contenido de su útero?

—Está bien, pequeño —murmulla—. Está bien. Tu mami está perdiendo la cordura pero, te lo prometo, estarás bien.

Los llantos reverberan contra los muros de la planta alta de su departamento dúplex de piedra rojiza. Sus vecinos de arriba, *hipsters* sin hijos, deben estar encantados con todo esto.

A pesar de su avanzada edad de treinta y seis años, Teaghan dio a luz a un niño sano con diez dedos en las manos y diez en los pies, y un par de pulmones increíblemente poderosos (¡vaya que puede gritar!). A Teaghan, sin embargo, no le fue tan bien: le tuvieron que hacer una cesárea de emergencia, la cual la hizo sentirse como inválida y lucir como Frankenstein del cuello para abajo. No se puede mover sin que un sorprendente dolor aparezca de la nada para saludarla. Y, aparte de la cicatriz de la cesárea, nadie le advirtió nada sobre el tema de los pechos hinchados. ¡Oh, rayos! Duelen de sólo *verlos*.

Pero lo peor de todo —y esto es lo que Teaghan jamás esperó— es que no sabe cómo podrá dejar a su bebé durante ocho o diez horas.

La ansiedad por una separación nunca ha sido un problema en su vida. Jamás ha sentido nostalgia. Claro, ama a su marido con todo y sus bromas tontas, pero no tiene el menor problema si sus caminos no se cruzan por varios días.

Pero la idea de dejar a su bebé y decir *Nos vemos a la hora del amamantamiento nocturno, nene....* simple y llanamente se siente terriblemente mal. Cada célula de su cuerpo parece gritar: *¡NO! ¡QUÉDATE EN CASA CON ÉL!*

Pero se acabó su tiempo.

Camina con Chris hasta la alcoba; en su antigua mansión de piedra rojiza compartida. La sala y la cocina están arriba, y las dos habitaciones en el sótano. Le da un suave empujoncito a su esposo con el pie. Éste gime pero no se mueve. Ella lo presiona un poquito más fuerte.

—Vamos, Charlie —dice alzando la voz por encima de los aullidos del bebé. Pero Charlie tiene el don de dormir sin que nada lo despierte (por lo visto, ésta es una ventaja genética más que se les concede a los hombres.)

—*Aggghhh* —responde su marido.

—¡CHARLIE!

—*Mmm.*

—Necesito que lo cargues —dice Teaghan—. Tengo que sacarme la leche y limpiar mi pistola.

CAPÍTULO 3

RUTH, MI ESPOSA, finalmente llega a casa a las 8:20, un poco más tarde de lo prometido. Los niños ya están dormidos, gracias a Dios. Si no, se lanzarían corriendo hasta sus brazos, como si dijeran, *¿papá?, ¿quién?* Pero no importa. Ahora lo único importante es que ella ya llegó a casa sana y salva, y finalmente puedo tener un poco de tiempo para mí.

La camioneta está calle abajo; tuve suerte durante en el día y conseguí un lugar después de un veloz viaje al supermercado. Estacionarse en esta calle puede ser como un combate medieval, y detesto ceder el espacio. Pero, ¿qué más podría hacer?, ¿quedarme encerrado en la casa toda la noche como prisionero? De ninguna manera. La unión es importante para una familia sana, pero también hay que tomarse un tiempo a solas.

Manejo por las angostas calles de Fairmount, hasta pasar Broad, luego doblo a la derecha sobre la calle Diez. Tracé un mapa de las rutas para llegar en un tiempo óptimo —después de todo, no tengo toda la noche disponible— y ésta pareció ser la más veloz.

Aun así, soy un papá en una camioneta, así que los demás conductores me ven como un obstáculo que hay que sortear a toda velocidad, y no como un colega que va y viene del trabajo. Aquí afuera es como estar en *Mad Max*, en donde lucho contra ellos, calle tras calle. Las cosas se vuelven un poco más sencillas una vez que cruzo la calle South y salgo por completo del centro de la ciudad.

Dicho eso, estacionarse en South Philly es una pesadilla, incluso peor que en donde vivo. Doy unas cuantas vueltas, forzando los ojos para cazar un lugar lo suficientemente grande como para estacionar este mastodonte apto para niños. Lo dificulta estar tan cerca de las angostas y congestionadas calles del famoso mercado italiano, en donde alguna vez corrió Rocky Balboa. Después de veinte minutos serpenteando por el barrio, me queda muy claro por qué Rocky no se molestaba en manejar.

Finalmente, veo un Jeep desvencijado que sale a la calle. Piso el acelerador y llego antes que cualquier otra persona. Sin embargo, este espacio no está hecho precisamente para una camioneta. Ni siquiera estoy seguro de cómo diablos cupo el Jeep ahí. De alguna manera desafío la distancia y el espacio, y logro meterme. Miro las señales de la calle y me doy cuenta que estoy a cuatro manzanas del lugar al que me dirijo. Cosa que no es necesariamente mala, pero, por otro lado, no tengo toda la noche.

Así que me apresuro un poco mientras me quito el suéter de cuello alto y los pantalones caqui, y me pongo el uniforme sobre el cuerpo. Tengo la barriga un poco más grande de lo que quisiera. Claro, tengo abdomen de tablilla de chocolate, pero está medio enterrado bajo otra barra de chocolate, o quizás hasta media caja. De hecho, basta con comer de pie suficientes veces frente al fregadero —normalmente como cualquier cosa que los niños no se acabaron— para que te salga panza. Quizá mañana me lleve a los niños al parque y corra por ahí con ellos. Puedo dejar que Jonathan se siente en mis zapatos mientras hago unos cuantos abdominales. Seguramente le sacará algunas carcajadas ver a papi respirando con la lengua de fuera.

Con el uniforme finalmente puesto, saco una tabla sujetapapeles y una bolsa de herramientas y bajo caminando por la calle Christian. Aunque el mercado italiano está a sólo unas cuantas manzanas, esta parte de South Philly es relativamente tranquila, en especial en una noche de finales de otoño como ésta. Vuelvo a revisar la dirección en la tabla sujetapapeles, luego toco en la puerta cerrada.

—¿Sí?

La mujer que abre es Donna Pancoast, de treinta y cinco años, y lo primero que noto es que tiene los ojos un poco hinchados. Quizá por llorar, quizá por beber. Supongo que lo sabré muy pronto.

—PGW, señora —digo, tratando de reprimir mi impulso de soltar una risita—. ¿Tengo entendido que no está funcionando su detector de radón?

PGW son las iniciales de Philadelphia Gas Works, la compañía de gas de Filadelfia. Todos saben que el gas es silencioso y mortal en potencia. Nadie quiere arriesgarse cuando se trata de una fuga o de un detector defectuoso.

Pero la señora Pancoast no tiene la menor idea de qué estoy hablando.

—No llamé a la compañía de gas.

—¿Su marido está en casa?

La expresión en su mirada lo confirma todo. La sola mención de la palabra *marido* hace que los ojos se le opaquen un poquito. Ha estado llorando y también bebiendo. Puedo ver una garrafa casi vacía de vino tinto en la mesa del comedor.

—¡Ray! —grita hacia el fondo de la casa. Sin embargo, se hace a un lado para dejarme entrar.

Les digo algo: es el uniforme. Basta con que uno se dé el más ligero aire de autoridad, y la gente lo dejará hacer básicamente cualquier cosa.

CAPÍTULO 4

LA CASA ES DEL ESTILO más viejo. Los nativos de Filadelfia las llaman "hogares en fila", aunque técnicamente se les debería de llamar "casas en fila". Una casa es un edificio; un hogar es una casa con una familia adentro. La distinción es importante. Nadie dice, "No hay lugar como la casa".

Sin duda, este hogar contiene una familia. Todos están en habitaciones separadas, por supuesto, perdidos en sus ocupaciones individuales. Lo más seguro es que también cenaron por separado, cosa que es una lástima. No saben cómo me hiere que toda mi familia sólo pueda cenar junta los fines de semana, pero eso es por necesidad laboral. Con los Pancoast es una cuestión de decisión.

Donna vuelve a llamar a su marido, y hay un mayor asomo de irritación en su voz.

—¡Ray! ¿Puedes bajar en este momento, por favor?

—Está bien, está bien. ¿Qué te pasa?

Cuando Ray baja las escaleras, entiendo por qué su esposa

recurre a la bebida. El hombre es un jabalí chato y descomunal, incluso es más feo en persona que en los periódicos.

—Señor Pancoast, su detector de radón no está funcionando correctamente. ¿Podría llevarme abajo para poder remplazarlo?

—Yo no les llamé solicitando ningún detector de radón defectuoso. Creo que estás en la casa equivocada, amigo.

—Los revisamos de manera inalámbrica —le miento—. Uno de nuestros camiones pasó por aquí hoy, más temprano, y levantó la alerta.

Nota: estoy inventando por completo. Las compañías de gas no se pasean por ahí para revisar equipos que no funcionan correctamente. Por otro lado, tampoco estoy lidiando con un brillante neurocirujano.

Pancoast me mira de arriba a abajo por un minuto, luego decide que no presento ningún tipo de amenaza.

—Sí, vamos, te lo muestro.

Lo sigo al estrecho sótano, el cual está hecho un desastre. Mientras camina hacia el medidor de gas, saco una llave Stilson de mi bolso de herramientas, asegurándome de dejar justo la cantidad suficiente de espacio entre nosotros. Demasiado lejos, y fallaré. Demasiado cerca, y no lograré empuñarla correctamente.

—Está aquí.

—¿Dónde? —pregunto, fingiendo que no veo.

Sujeto bien la llave Stilson y me preparo. Sólo es una ardilla grande, una ardilla peluda de 110 kilogramos con panza cervecera y mal aliento.

—Justo aquí, ¿qué, estás ciego...?

El metal golpea el cráneo, y buenas noches, señor Pancoast. Se desploma en el suelo con toda la gracia de un costal de papas cayendo sobre un muelle.

—No estoy ciego, Ray —le susurro, aunque no hay manera de que me escuche—. De hecho, lo veo todo.

No es difícil encontrar la tubería correcta. Las casas de fila de Filadelfia tienen algo en común: son confiables y predecibles.

Me coloco la máscara para respirar y me preparo para hacer lo mío.

CAPÍTULO 5

TERMINO EN MENOS DE UNA HORA Y MEDIA, de principio a fin.

¿Así o más eficiente?

Cuando llego a mi calle, ya desapareció mi lugar, por supuesto. Pero, ¡miren! Hay un espacio disponible todavía mejor, mucho más cerca de nuestra casa. Los dioses del estacionamiento me están sonriendo. Claro, es un buen augurio.

Ya pasaron las diez de la noche, y Ruth ya está en cama, con Jennifer acurrucada cerca de ella. Detesto molestarlas. Entro lo más silenciosamente posible, me quito la ropa (no se preocupen; el uniforme de PGW está escondido donde nadie lo puede encontrar) y me meto bajo las tibias sábanas. Siento que Ruth se mueve un poquito. La dulce, pequeña Jennifer, mientras tanto, está muerta para el mundo. ¡Que Dios la bendiga!

—Siento despertarte —le susurro a mi esposa.

Ruth murmura algo que suena vagamente coherente, pero

tras analizarlo un poquito más, me parece que en realidad es cien por ciento galimatías.

—Mañana podrás dormir un poco más tarde —le digo a Ruth—. Sé que tuviste un día duro en el trabajo.

Otro murmullo. ¿Quizás está diciendo *Está bien*? ¿O, *amén*? Es difícil de distinguir.

—Yo llevo a los niños a la escuela y me llevo a este animalito de compañía, ¿te parece?

Aunque no contesta, Ruth acerca más su cuerpo al mío.

Coloco la mano sobre su cadera y la aprieto suavemente.

—Que sueñes con los angelitos, cariño —susurro. Le beso la cabeza, y me empapo del aroma de su champú. No sé cómo, pero incluso después de un día en la ciudad, su cabello siempre me resulta embriagador.

Nos quedamos dormidos juntos, y gozo de la paz y comodidad de ello. Espero que la familia Pancoast esté disfrutando una paz parecida.

CAPÍTULO 6

PARA TEAGHAN, SEIS SEMANAS alejada de su empleo parecen como seis años. Incluso las rutinas más ordinarias (los informes de la mañana con un café deplorablemente amargo, sacar su auto del centro de vehículos) parecen cosas que hizo en otra vida. ¿De verdad es una detective de homicidios? ¿O es un sueño que tuvo después de haber estado despierta hasta muy tarde, con el bebé, viendo televisión por cable de la peor calidad?

No, Teaghan sabe que todo es real. Lleva tres años como detective de homicidios y como compañera de Martín Díaz, quien siempre ha sido un colega relajado y solidario. Hasta esta mañana.

—Oye, T —dice—. ¿Cómo está el pequeño?

—Adorable, pero grita todo el tiempo.

—Sí, me suena bastante conocido. ¿Has logrado dormir algo?

—Tú eres papá, ¿qué crees?

—Creo que éste va a ser un día muy largo para ti.

Teaghan invitó a Díaz y a su esposa a que fueran a conocer al bebé, pero Díaz se excusó y le dijo que no querían llevar gérmenes a su departamento ni enfermar al pequeño. Teaghan tenía que admitir que se sentía un poco dolida. Los Díaz eran como parte de la familia. Pero no insistió; era posible que el tema de los gérmenes fuera una preocupación real.

Pero en este momento, Díaz no parecía estar exactamente emocionado por el regreso de su antigua compañera. Teaghan se había ido por seis semanas, le habían abierto el vientre y extraído a un nuevo ser vivo. ¿Y lo único que Díaz le ofrecía es un *hola*?

No importa. Quizá le está dando demasiada importancia. Quizá Díaz siempre ha sido un poco distante y Teaghan simplemente no lo recuerda.

El primer caso que les dan: un homicidio múltiple en South Philly.

Díaz mira a Teaghan con preocupación y le pregunta:

—¿Estás segura de estar lista para esto?

Es algo que él nunca antes le habría preguntado.

—Sí, Díaz —contesta—. Tuve un bebé. Ni que me estuvieran haciendo quimioterapia.

—No... quiero decir... —se va apagando mientras busca las palabras cuidadosamente— estamos hablando de toda una *familia*.

—Ya he visto niños muertos —dice Teaghan, cosa que es tristemente cierta.

Para variar, Díaz está en el asiento del conductor, aunque es pésimo para manejar. El médico le dijo a Teaghan que debía esperar al menos seis semanas antes de ponerse detrás del volante, ¿así que para qué insistir? Ella accedió a regañadientes. Además, le hacía tanta falta dormir que se sentía como un zombi entre los recién resucitados. Díaz podría tratar las señales de alto como simples sugerencias, pero al menos estuvo ocho horas completas en la almohada.

Lo extraño es que al manejar hasta la calle Christian, hacen el viaje en un silencio sepulcral, como si esperaran en el banco de la iglesia a que empiece la misa. ¿Será que Díaz está realmente disgustado con ella o algo así?

En su ausencia, a Díaz lo vincularon con otra detective, un desastre de mujer llamada McCafferty, situación que no fue muy divertida (la idea que ella tenía de una correcta investigación de homicidio es dar un vistazo a la escena del crimen y dirigirse al bar más cercano). Teaghan sabe que las últimas seis semanas seguramente fueron una enorme frustración para Díaz. Pero, ¿acaso merece que le aplique la ley del hielo por eso?

Quizá se trate de otra cosa. Díaz no se mostró nada reacio a expresar su opinión cuando Teaghan le contó las *buenas nuevas*.

—Tener un bebé te va a lastimar —dijo, y no lo decía en un sentido literal. Díaz se refería a que lastimaría su carrera.

Cosa que hizo enojar a Teaghan, porque varios de los chicos del departamento de homicidios tenían hijos, y nadie los molestaba por eso jamás. Sospecha que está bien que un hombre no esté todo el día y que trabaje sin parar en asesinatos, pero si una mujer hace lo mismo, entonces, ¡uy, hay algo que está terriblemente mal! ¿Dónde están las prioridades de esa mujer?

—¿Pasa algo, D? —pregunta Teaghan.

Ella le dice *D* cuando habla con él de humano a humano, y *Díaz* cuando es de policía a policía.

—¿Además del hecho de que estamos por entrar a una casa llena de muertos?

—Vamos, sabes a qué me refiero.

—Todo bien —dice él, fingiendo un suspiro—. ¿Por qué?

—Estás inusualmente callado.

—He tenido un par de semanas muy duras, nada más.

—Sí, yo también te extrañé.

Díaz gruñe mientras se acercan a la casa de los asesinatos en la calle Christian.

—Lo siento, T. Supongo que simplemente no estoy ansiosa de ver lo que logre.

La verdad es que Teaghan tampoco.

CAPÍTULO 7

LA FAMILIA PANCOAST MURIÓ junta, y al mismo tiempo sola.

Una compañera de escuela del hijo mayor de los Pancoast fue quien lo reportó; le pareció extraño que nadie abriera la puerta a las 7:30 de la mañana, cuando ellos normalmente son muy activos. Y el coche todavía estaba estacionado en el lugar para discapacitados, un beneficio que alguien en el consejo municipal le dio al señor Pancoast hace unos años (aunque estaba lejos de tener una discapacidad).

Los servicios de vigilancia tocaron agresivamente, patearon la puerta e hicieron el horrible descubrimiento. La voz corre a la velocidad del rayo en los barrios de South Philly, como éste. En un radio de cuatro calles, todos ya sabían lo que les había ocurrido a los Pancoast para cuando llegó el departamento de homicidios.

Pero eso es lo que desconcierta a Teaghan y a su compañero. Parece un horrible accidente. ¿Por qué lo están catalogando como homicidio?

Teaghan se impulsa para salir del asiento del copiloto, intentando no mostrar cuánto le duele. Los músculos del vientre parecen gritarle *¡Ya no nos podemos mover así!* Agh, se siente como si la estuvieran partiendo en dos.

—¿Listo, Díaz? —pregunta, tratando de desviar la atención de sus propias miserias.

Pero hasta un Díaz distraído no puede ignorar que su compañera está adolorida.

—No tendrás mareos o náuseas matutinas, ¿verdad, T?

Normalmente ella le respondería con un creativo impro- perio, pero por todos lados hay curiosos y reporteros de la TV.

La residencia Pancoast es una vivienda angosta y pro- funda, igual que todas las demás casas de esta calle. Teaghan no sabe cómo la gente puede vivir una encima de la otra —diablos, hasta su propio departamento se siente más grande— pero supone que eso ayuda a disminuir los gastos de calefacción del duro y glacial invierno de Filadelfia.

La madre está en la sala, su cuerpo encorvado yace sobre los restos quebrados de una copa de vino. El técnico forense les dice que murió de asfixia, aunque eso es bastante obvio para los dos. Tanto Teaghan como Díaz lo han visto muchas veces antes.

Teaghan quisiera agacharse para ver mejor el rostro de la mujer, pero eso probablemente le provocaría dolor o vergüenza. Así que trata de obtener las impresiones que pueda desde una posición erguida.

Está claro que Donna Pancoast alguna vez fue bonita. Quítenle el tinte azulado de la piel y los kilos de más por beber demasiado, y no es difícil ver a la hermosa y joven novia.

No juzgues, T. Tú fuiste joven y bonita alguna vez, antes del trabajo, del bebé y de la cicatriz de Frankenstein que te lo arrebató todo.

¿Entonces qué salió mal? ¿Por qué todas esas arrugas de preocupación en su rostro? ¿Por qué las ojeras bajo los ojos, como si quisiera pasar el resto de sus días bebiendo?

—¿Son tres hijos? —pregunta Díaz.

—Sí, están arriba —dice el técnico forense—. Cada uno en su propia habitación. Dos de ellos estaban hablando por celular; el otro hacía la tarea. Parece como si todos simplemente se hubieran quedado dormidos.

—¿Y qué hay del papá? —pregunta Teaghan.

—Pues, por eso los llamamos a ustedes —dice el técnico forense.

CAPÍTULO 8

EL PAPÁ ESTÁ ABAJO en el sótano.

Con la cabeza colgada hacia abajo, sentado junto a la caldera, como si se hubiera dormido tratando de mantenerse calientito durante una noche invernal.

La piel tiene el mismo horrendo tono azul que el resto de la familia. Pero a diferencia de ellos, su lenguaje corporal sugiere que no lo tomó de improviso la repentina fuga de gas natural por toda la casa. No estaba bebiendo ni revisando sus redes sociales, ni hacía la tarea. Ray Pancoast simplemente estaba sentado ahí, a la espera de que cayera el velo oscuro sobre sus ojos por última vez.

—Hombre... —dice Díaz, pero luego se contiene.

—¿Crees que él lo hizo? —pregunta Teaghan.

El técnico forense usa un lápiz muy mordisqueado para indicar un pequeño trozo de papel acomodado junto al cuerpo. Es de un block de notas del Hyatt Bellevue de la calle South Broad, una venerable institución de Filadelfia... pero también infame por el brote de la llamada "Enfermedad de los legionarios" allá por 1976. Treinta y cuatro personas murieron a causa de las bacterias en el sistema de aire acondicionado del hotel.

Vaya mal augurio, piensa Teaghan.

Díaz se agacha para leer la nota.

—Lo siento —lee en voz alta—. Debí haber sido un mejor padre.

Entonces ésta no es una muerte accidental. Es un suicidio-homicidio cuádruple.

Pero algo no le cuadra del todo a Teaghan. Podrá no ser la detective más veloz del mundo, pero es una de las más metódicas. Lo piensa bien, paso a paso, y se da cuenta de que hay un gran hueco en esta teoría.

—Estás diciendo que el marido abrió la tubería, dejando que toda la casa se llenara de gas.

—Eso parece —contesta el técnico forense.

—¿Entonces por qué la familia no pudo oler la fuga? —pregunta Teaghan—. Yo sabía que las compañías de gas le ponen ese olor a huevo podrido para que te des cuenta cuando hay una fuga. ¿Acaso nadie percibió que algo estaba mal?

—Ah, verás, ésa es la parte inteligente —dice el técnico forense—. El marido no sólo abrió el gas, sino que colocó algún dispositivo de filtración para inhibir los *mercaptanos*, el compuesto organosulfúrico del que estás hablando. Yo diría que la familia no tenía idea.

—¿Ninguna señal de trauma? —pregunta Teaghan—. Quizás alguien lo obligó a hacerlo.

El técnico forense indica la nuca de Pancoast.

—Bueno, tiene una terrible contusión en la parte posterior del cráneo. Pero eso podría ser porque al final probablemente se estaba retorciendo un poco y se golpeó la cabeza en la pared.

—¿Se encontraron rastros de sangre en algún otro lado? ¿O en alguna herramienta?

—Todavía no. Sólo en la pared. Pero no se preocupe, colocaré luminol en la zona y les haré saber si aparece algo.

—Oye, déjame hablar contigo un momento —dice Díaz, jalando el brazo de Teaghan.

—¿Qué pasa?

—Vamos.

Arriba en la cocina, lejos de todos los demás, Díaz le cuenta que reconoce al papá, Ray Pancoast.

—¿Y eso significa...?

—Es el jefe local de los instaladores de calefacción.

—¿Y?

—Vamos, T, estamos hablando de los sindicatos de Filadelfia. Ya llevas suficiente tiempo en la ciudad para saber lo que eso significa. El tipo probablemente estaba metido en algún asunto sucio y se hallaba al borde de una acusación legal. En vez de dar la cara, decidió tomar la salida más cobarde y se llevó a su familia consigo.

—¡Increíble! —dice Teaghan—. Acabas de juzgar y condenar a un hombre basándote en su reputación y una sola hoja de papel.

—Nah, haremos lo nuestro. Sólo te quiero dar un avance.

Teaghan sabe que Díaz posiblemente tiene razón. Sí, ya lleva suficiente tiempo en la ciudad como para saberlo. Pero, dejando de lado a la policía, su parte humana no logra desentrañarlo todo. ¿Qué podría llevar a un hombre a quitarle la vida a su familia entera? Pasas años criando, vistiendo, alimentando, protegiendo y amando a esos pequeños, y un día simplemente decides apretar el botón de reinicio y eliminarlos a todos? Nada de eso tiene sentido.

—No lo sé, D —dice—. Me parece un poco extremo. Digo, su esposa e hijos...

—Eres nueva en las delicias de ser madre —dice Díaz—. Llámame en unos cuantos años cuando te estés arrancando el cabello y te vayas a dormir con una botella de Jack Daniel's. Ya lo entenderás.

Díaz está casado y tiene hijos, y a menudo parece arrepentirse de ambas circunstancias. No se queja abiertamente. Son las cosas breves que dice, en especial cuando hay una reunión familiar en el horizonte. También está su renuencia a llegar directamente a casa después de su turno. La mayoría de las veces se detiene en MacNally's en Fox Chase, no muy lejos de donde vive. Como si necesitara algún tipo de tónico relajante antes de cruzar la puerta principal de su casa.

Teaghan no lo entiende. Aunque, por otro lado, ella lleva sólo un total de... ¿cuánto?, ¿seis semanas como mamá? Quizás eso es lo que ocurre.

—Vamos, Díaz. Salgamos un momento para tomar aire fresco.

CAPÍTULO 9

OBSERVAR UNA ESCENA DEL CRIMEN debería ser emocionante... Al menos, eso es lo que te hacen creer todos esos programas de TV sobre el asesino psicópata de la semana. Pero en la vida real son bastante aburridas. Mucha gente parada por ahí, pensando en que verán un cadáver de verdad. Reporteros de los noticiarios y camarógrafos que se preguntan si habrá algún lugar cercano para comer un sándwich decente de carne de cerdo picante.

Pero a mi Jenny no le molesta. La tengo pegada a mi pecho con una de esas bolsas tipo canguro y suelta risitas en medio del aire frío y el sol.

—¿Qué demonios pasó? —me pregunta un anciano. Le está saliendo suficiente pelo de las orejas como para que se confunda con sus patillas.

Cubro los oídos de la pequeña Jenny con las palmas de las manos. Ella cree que juego algo tonto, y se ríe incluso más.

—Encontraron a una familia muerta ahí —susurro.

El anciano está más curioso que horrorizado.

—¿Muerta? ¿Muerta de qué?

—No es oficial —le digo—pero piensan que el padre mató a su familia con gas.

En este momento, Jenny empieza a protestar. ¿Puede escuchar mis palabras? ¿Conoce suficientes palabras como para entender lo que estoy diciendo?

Gracias a Dios, el anciano se toma estas noticias con calma.

—¡Ah, este pueblo de locos! —como si algo así fuera una ocurrencia normal aquí, en La cuna de la Independencia. Da un manotazo como si asustara una mosca invisible y luego sigue caminando por la calle.

Le susurro a Jenny y la arrullo con suavidad.

—Todo está bien, muñequita. Papi está aquí. No escuches a ese viejo. Estás creciendo en un lugar seguro.

Observamos la escena un rato más. Me pregunto si deberíamos dirigirnos a casa. Jenny pronto necesitará un cambio de pañal y comer. Pero una corazonada me dice que me quede un rato más. Y, diez minutos después, se recompensa mi intuición.

Dos personas salen de la casa de la calle Christian. Uno es un latino fornido y bajo de estatura con un abrigo deportivo, y la otra es una pelirroja alta con una camisa con botones y pantalones holgados. Él se ve aburrido. Ella parece como si le doliera caminar.

Son policías del departamento de homicidios. Apostaría lo que fuera.

Mis policías.

Se nota que son del departamento de homicidios porque tienen el aspecto de haber pasado por una zona de guerra, como si estuvieran a cargo de contar a los muertos.

Yo nunca querría un trabajo como el suyo. Demasiado deprimente, demasiado sin sentido.

Por la manera en que se hablan se nota que están conversando profundamente de algo. ¿Pero de qué? Uno pensaría que el caso es sencillo. Un padre decide evitarle a su familia un montón de dolor y le pone fin a su tiempo en la Tierra.

Pero la pelirroja bonita... sí, queda claro que algo le molesta.

—¿No es así, Jenny? Mira a la señorita policía. Se ve muy preocupada. Me pregunto qué tiene en mente.

Su compañero parece como si llevara un pesado lastre también.

—El pobre señor policía no parece estarse divirtiendo mucho tampoco. Me pregunto por qué. ¿Tú lo sabes, Jenny?

Si lo sabe, Jenny no lo deja ver. Se retuerce impaciente y protesta un poco más.

Estoy demasiado lejos como para escuchar exactamente de qué están hablando, pero me llegan suficientes palabras como para tener una idea. *Pancoast, sindicatos, conoces esta ciudad.*

¿Qué tipo de detectives son ustedes? ¿Son los típicos "nunca me detengo hasta encontrar al culpable"? ¿O son un poco más relajados, dispuestos a creer lo que sea que les diga el técnico forense?

Y hablando del rey de Roma, después de un rato, el forense asoma la cabeza por la puerta de enfrente y llama a sus colegas.

—¿Detectives Díaz y Beaumont? ¿Tienen un segundo?

—Díaz —le digo a Jenny—. ¿Sabes cómo se deletrea Díaz? Papi lo sabe. Es D-Í-A-Z...

CAPÍTULO 10

FINALMENTE ACABA EL DÍA que creyó que nunca terminaría jamás. Teaghan incluso se va un poco más temprano, con lo que se gana una ceja arqueada por parte de Díaz. No importa. ¿Como si él nunca se hubiera ido antes de tiempo y la hubiera dejado terminando algunos de los últimos remanentes de burocracia?

No importa.

De vuelta en su departamento de West Philly, Charlie le pasa al bebé dormido, como si Christopher fuera una bomba que acabara de desactivar cuidadosamente.

—La única manera en que logré que dejara de llorar —susurra Charlie— fue caminar con él. De un lado al otro, arriba y abajo, por todos lados. Las piernas me están matando.

—¿Probaste con el asiento que rebota?

—Sí, y eso no ayudó. Simplemente creo que te extrañaba.

Y yo lo extrañé también... como no tienes una idea.

Charlie parece ansioso por volver a su computadora; no

ha escrito ni dos palabras coherentes en todo el día (tampoco se ha duchado, por lo visto. Su marido parece una cama deshecha). Pero Teaghan también necesita un momento. No puede ponerse a dar pecho con una pistola atada al torso.

Por supuesto, justo en el momento en el que el bebé se da cuenta de que está en brazos de su mamá, empieza a protestar y a hacer pucheros, cosa que se intensifica mientras despierta. Teaghan está agotada y adolorida; pensaba que tendría unos cuantos minutos para relajarse antes de transformarse en una fuente móvil de alimento.

—¿Te quedas con él? —pregunta Charlie—. Lo siento, pero de verdad tengo que volver a ese artículo.

—Ve —le dice Teaghan—. Estaré bien.

Está mintiendo, pero a veces eso es lo que mantiene juntas a las parejas. Una mentira apropiada.

Pasan horas antes de que el pequeño Christopher se vuelva a calmar. Normalmente, tras un día duro, ella y Charlie se tomarían unas cervezas artesanales mientras esperan a que llegue el repartidor con su cena. Ahora la cena es un estofado vegetariano tibio, que Teaghan come sobre el fregadero mientras arrulla suavemente al bebé. Ya no hay nada de cerveza para la detective de homicidios. Todo lo que come y bebe va también para el bebé, y lo último que necesita tener en los brazos es a un borracho enfadado. Ya lidió con suficientes alcohólicos a inicios de su carrera.

Pero Teaghan no se logra mantener inmersa en la modalidad *mamá de tiempo completo*. Parte de su cerebro sigue en modo detective, y no puede evitar pensar en los asesinatos de los Pancoast. Lleva diez años en su trabajo, y en el departamento de homicidios los últimos tres, y no recuerda haber tenido un caso como ése.

—Hola, dulzura —le susurra al bebé—. ¿Qué te parece si *googleamos* un ratito?

Una hora después, Teaghan carga al bebé mientras lee sobre el *familicidio*, la palabra usada para el asesinato o asesinato-suicidio que resulta en la muerte de al menos un miembro de una pareja y uno o más hijos. Sí, tampoco ella conocía la palabra. Pero ahora ya la conoce, y no puede soltarla de su mente.

Familicidio. Suena como un veneno que usarías cuando una familia infesta tu hogar.

Son raros los casos de familicidio. Pero, sorprendentemente, también son la forma más común de asesinato en masa... incluso en esta era de gente psicópata que lleva rifles de asalto a las iglesias, clínicas, escuelas y cines.

Christopher se mueve un poquito. Pero no es mami quien contesta; es la detective Beaumont, quien realmente no quiere que la interrumpan justo ahora.

—Shhh. Ahora no, niño.

Con una mano, Teaghan hace una búsqueda de casos de familicidio en Filadelfia en los últimos cinco años. No hay resultados... lo que es una buena noticia. Pero luego lo piensa. ¿Cuántos reporteros usan la palabra *familicidio* en un periódico? Un montón de reporteros ni siquiera lograrían escribirlo correctamente. Así que intenta una búsqueda con *Filadelfia*, *asesinato en masa* y *familia*.

Décimas de segundos después, Teaghan queda atónita al ver que no hay sólo uno sino *otros dos* casos de familicidio en Filadelfia. Y los dos ocurrieron durante las últimas seis semanas, cuando estaba de incapacidad por maternidad.

—¡No puede ser! —dice Teaghan.

El tono duro de su voz sorprende al bebé, quien estalla en un llanto, lleno de pánico.

CAPÍTULO 11

SI LLEVAS TODO EL DÍA ENCLAUSTRADO en casa con tres entes vivos, menores de diez años, el internet puede ser un regalo del cielo.

Sí, soy un papá que se queda en casa, y cuya esposa trabaja en una gran e importante oficina en el centro, pero no siempre fue así. Solía ser un tipo normal a quien le gustaba socializar con humanos mayores de diez años. Me gustaba charlar sobre el trabajo y disfrutaba discutir lo terriblemente mal que le estaba yendo a las Águilas. Sigo anhelando las interacciones humanas sin profundidad ni cerebro.

Y es por eso que los dioses nos dieron las redes sociales.

En Facebook, no tengo muchos amigos reales incondicionales, de esos conoces desde el kínder. Pero lo raro de Facebook es que puedes básicamente ser un terrorista y tener cientos de "amigos". La gente te ve comentar algo en el sitio de un amigo, y decide que no pareces ni hablas como troglodita, así que te envían una solicitud de amistad. Casi siempre acepto, a menos que el "amigo" sospechosamente parezca ser una dama extranjera soltera en busca de marido. El puesto ya está ocupado, muchas gracias.

No, lo que anhelo son los detalles sobre las familias de otra gente. Pueden hacerte sentir mejor respecto a lo que tú haces... o infinitamente peor.

Saben de qué estoy hablando, ¿no es así? Vamos, ¿quién no ha sentido esa envidia ardiente cuando ve a un "amigo" y a su familia disfrutando de unas espléndidas vacaciones con todo incluido en una isla del Caribe? ¿O en una cena deliciosa en un exclusivo restaurante *pop-up*, único, dirigido por un chef famoso? ¿O durante algún deporte extremo familiar, como el lanzamiento de troncos? (digan lo que quieran sobre los escoceses, pero cualquier deporte en el que debas ponerte una falda me parece extremo).

Luego están las otras publicaciones. Las que te hacen sentir triste porque algunas familias están... fallando.

O de plano tambaleándose.

Es sorprendente ver lo que algunas personas comparten en internet.

Como la mamá que es ama de casa y se queja de que no tiene vida sexual y bromea con sus amigas sobre tener una aventura con uno de los jóvenes entrenadores en el gimnasio de diez dólares al mes que visita cada mañana después de dejar a los niños en la escuela.

O el papá de cuatro niños, casado, que publica bromas pornográficas, racialmente insensibles y vulgares para sus amigos. ¿Qué pasa cuando su hija (Hanna, de catorce años y adorable, ¡incluso con frenos!) está en línea y las ve?

O la madre de dos chicos que está deprimida y que es adicta al trabajo, que habla y habla de que ya no tiene tiempo para nada. Oye, mujer, un consejo: ¡Desconéctate y disfruta a tus hijos un poco más!

Les digo que la gente está loca.

Claro, todos nos equivocamos. Pero lo que en verdad me molesta es cuando a los niños inocentes quedan atrapados en medio de esos errores. Cuando cargo a mi nena, me contagia su indefensión. La manera en que nos necesita para todo, incluyendo su supervivencia básica. ¿Qué pasa con los bebés que tienen como papás a patanes totales? O, peor aún, hijos mayores con padres horrendos que a su vez crecerán para convertirse en padres horrendos, perpetuando este ciclo interminable de...

Ay, escuchen. No quiero despotricar, sólo enfatizar el punto de que no entro a las redes sociales simplemente por la emoción indirecta. Me preocupan las familias que hay allá afuera. Así que me desplazo de publicación en publicación, en busca de una familia que pueda necesitar mi ayuda.

Y, gracias a mi visita a la escena del crimen, es posible que haya tenido suerte encontrando una.

Lo mejor de las redes sociales es que no son como ver una película o un partido de futbol. Puedo echarme un clavado de seis minutos o de sesenta, dependiendo de cómo haya avanzado mi día. Porque a veces estás embebido en la vida de alguien más, y un momento después tienes a un niño jalándote la manga, rogándote (y gimoteando un poco) para vayas afuera y patees con él un balón de futbol un millón de veces.

Como ahora.

Sí, Jordan, papi estará más que contento en ayudarte a mejorar tus tiros. Este viejo todavía tiene algunos ases bajo la manga.

CAPÍTULO 12

ES EL SEGUNDO DÍA de regreso a su trabajo, y no es más fácil para Teaghan dejar a su bebé en casa con su marido.

—Papi te cuidará bien, cariño —dice suavemente—. Se la van a pasar bien, chicos.

Christopher, sin embargo, no se lo cree. El bebé responde con una nueva ronda lastimera de llantos agudos.

—Lo sé, bebé. También tu mami está triste.

El dolor no sólo es emocional, es físico también. Sus pechos hinchados parecen querer alimentar a su bebé todo el tiempo (al menos hoy lleva consigo su bomba para extraer la leche). Y no le importa tampoco que Díaz se la ponga difícil. Sus brazos quieren estrechar a Christopher, aunque todavía están adoloridos por cargarlo durante toda la noche, y el peso sobre su cuerpo también inflama la cicatriz de la cesárea.

La maternidad: lo que no te mata, te agota.

Pero al menos esta mañana está saliendo de su departamento de piedra rojiza con dos direcciones y un propósito.

Concretamente, descifrar por qué hubo un repunte tan extraño en familicidios aquí en La ciudad del Amor Fraternal. ¿Acaso, mientras ella tomó su incapacidad, alguien echó algo al agua que hizo que todos se volvieran locos?

La primera dirección lleva a Teaghan al barrio de Brewerytown, una zona que se está aburguesando rápidamente, a las orillas de otra área no tan buena. Logra meterse en un lugar de estacionamiento en la avenida Girard, luego avanza caminando a la casa señorial.

La zona probablemente no sea más peligrosa que la suya en West Philly, en las afueras del campus de la universidad de Pensilvania. Pero Teaghan está ahí fuera sin su pareja, y lo último que necesita es que la ataquen por la espalda. Una vez que eres una chica de ciudad, eres para siempre una chica de ciudad. Nunca, jamás debes bajar la guardia.

El barrio bordea el parque Fairmount, lo que le da una ventaja adicional, y muchas de las casas son grandes, con estructuras sólidas. Algunos profesionales urbanos le han estado apostando a este tipo de lugares por años. Uno compra las viviendas baratas, las arregla, y espera a que el siguiente barrio nuevo y de moda cobre vida a su alrededor.

Probablemente esa fue la estrategia del exitoso abogado defensor W. Harold Posehn. Podría haber pagado cualquier lugar en la ciudad, probablemente hasta en el elegante Rittenhouse Square. Pero él y su esposa, con sus tres hijos, optaron por esta grande casona en una calle tranquila a un lado de Girard. Y probablemente la disfrutaron por un tiempo.

Hace seis semanas, sin embargo, la esposa de Posehn ahogó a sus tres hijos en su bañera—incluyendo a un bebé— antes de apuñalar a su marido con un cuchillo de carnicero. Luego se cortó las venas, se acostó junto a los cuerpos de sus hijos muertos, y esperó a que la vida se desvaneciera.

Teaghan se estremece con sólo pensarlo. Y no es el tipo de policía que se impresiona por un homicidio múltiple.

Y ahora aquí está ella, visitando la escena del crimen apenas un mes y medio después.

La casona todavía está vacía, por supuesto. De por sí es difícil vender una propiedad en el centro de Brewerytown en un buen día, y olviden una que fue el sitio de un crimen horriblemente violento. Esa misma mañana, más temprano, Teaghan llamó al corredor de bienes raíces, quien a regañadientes le dio el código para abrir la puerta delantera.

—¿Todavía no acaban de revisar el lugar? —se quejó—. Lo juro, con ustedes es interminable.

Teaghan se mordió la lengua y le agradeció la paciencia.

Ahora que está en la escalera de entrada, sin embargo, se descubre deseando nunca haber llamado. ¿Qué espera al ver la escena del crimen?

Teclea el código. La cerradura hace bip dos veces. Gira la perilla y abre la puerta gruesa, con aislamiento térmico, hacia una sala escandalosamente grande. Aunque el interior ya está vacío, queda claro que los Posehn invirtieron mucho trabajo en este lugar. Este es exactamente el tipo de casa que algún día le encantaría tener para Charlie, el bebé y ella.

Hay una bolsa de herramientas y un pequeño bote de basura con envoltorios de comida chatarra y latas de refresco. El corredor de bienes raíces debió contratar a alguien para que dejara inmaculado el lugar. Teaghan se da cuenta de que está procrastinando. Lo que vino a ver está escaleras arriba.

El baño principal, donde ocurrió todo.

Normalmente, sería el tipo de lugar con el que soñaría cualquier propietario: azulejos prístinos, un enorme lavabo doble con ancho espejo y dispositivos de iluminación de última generación. Pero la atracción principal es la bañera de patas de garra, lo suficientemente grande (juraría Teaghan) como para que cupiera un vehículo pequeño.

Pero éste ya no es ningún lugar de los sueños. Es la escena de una pesadilla.

Teaghan no lo puede evitar. Se arrodilla sobre el azulejo (que está increíblemente limpio) y extiende la mano para tocar la bañera. De verdad que ya no las hacen así. El esmalte de porcelana se siente frío bajo sus dedos. Puede sentir la fuerza implacable del hierro de las patas.

Cuando estaban ahí forcejeando para vivir, ¿sintieron ese peso horrible e inflexible que los rodeaba? No había lugar adónde ir. Ni hacia abajo, ni hacia los lados. Y arriba estaba la persona que se suponía que los amaba y los protegía, pero que los mantenía sumergidos, sus brazos también eran como el hierro...

No.

Teaghan no puede hacer esto.

Se levanta y baja corriendo de nuevo por el pasillo. Dando tumbos, baja por las escaleras y sale por la puerta de enfrente, justo a tiempo para vomitar en la banqueta.

Una segunda ola de náuseas la abruma, lo que no tiene sentido. Un momento después, siente dolores agudos y filosos que le punzan el torso. Por unos cuantos minutos, no está segura si logrará seguir consciente. El mundo se desvanece a su alrededor.

No se esfuerce de más, dijo el doctor. Y aquí está ella, haciendo exactamente lo contrario.

CAPÍTULO 13

TEAGHAN SE SIENTE MEJOR cuando llega a la escena del segundo familicidio.

Con "mejor" se refiere a que le está doliendo un poco
menos respirar. Pero tiene miedo de mirarse la cicatriz en su
vientre, por temor a lo que verá.

Este barrio, Chestnut Hill, está a años luz de Brewerytown.
Es el tipo de lugar para vivir cuando te alcanza para pagar
algo en Rittenhouse Square, pero prefieres una sensación
más suburbana dentro de los límites de la ciudad. Durante
generaciones, políticos, profesores, doctores y abogados han
hecho de este barrio su hogar. Hasta James Bond vivió aquí
(bueno, el ornitólogo, por el que Ian Fleming llamó así a su
famoso espía).

Pero tanta clase no significa que los residentes de Chestnut
Hill siempre se comporten bien.

Hace tres semanas, una matrona de sociedad de sesenta
años llamada Eleanor Cooke decidió sazonar un poco de

sopa con arsénico y servírsela a su marido y cuatro hijos —dos de ellos ya adultos— durante su cena familiar semanal. Por lo visto, después de que Eleanor miró a su familia luchar, retorcerse en el suelo y finalmente morir, tomó una sobredosis de analgésicos para ponerle fin a su propia vida, mientras un LP de música clásica sonaba en el fondo: el cuarto movimiento de la Sinfonía No. 6 de Tchaikovsky, para ser precisos. Supuestamente todavía estaba sonando cuando los oficiales derribaron la entrada principal horas después.

La crónica de los periódicos no mencionó qué tipo de sopa sirvió.

Pero el reportero sí detalló las riñas de la familia Cooke por el dinero de la herencia, que fue la fuente de muchos rumores locales a lo largo de los años.

Por eso el corredor de bienes raíces le colgó a Teaghan cuando llamó por la mañana para pedir acceso a la casa.

Pero Teaghan no necesita ver la cocina ni el comedor para saber que aquí algo *no cuadra*. Mientras está parada frente a esa maravilla de 3.3 millones de dólares sobre la calle Bells Mill (siete recámaras, ocho baños), se descubre preguntándose por qué la señora Cooke decidiría ponerle fin a su línea familiar, justo aquí, durante una fría tarde de domingo.

No tiene sentido. Pasas la vida construyendo todo esto —la familia, la propiedad, los autos, las pertenencias—,

¿sólo para despertarte una mañana y decidir borrarlo todo con una cazuela de sopa?

¿Qué *madre* podría hacerle eso a sus hijos, incluso tratándose de adultos que se comportan como niños mimados?

Teaghan levanta la mirada hacia la casa, intentando entenderlo.

¿Y si no fue la señora Cooke? ¿Y si alguien leyó el mismo periódico que Teaghan y se inspiró en los asesinatos de Brewerytown para vengar algún viejo rencor?

CAPÍTULO 14

NO SOY DEMASIADO ORGULLOSO para admitirlo. A veces los tienes que sobornar y ya.

Cuando recojo a Jordan y a Jonathan de la escuela (una institución privada de los cuáqueros, como era la intención de nuestros padres de la patria), prometo llevarlos a tomar helado de yogurt si —*y sólo si*— se quedan callados mientras papi los lleva a manejar durante un rato.

Todos acceden contentos. Hasta Jennifer, la bebé —siguiendo claramente la corriente de sus hermanos mayores— parece dar su consentimiento. Los adultos podrán ser adictos a cosas como el alcohol y la nicotina, pero nada les produce tanto deseo a los niños como la promesa de un poco de helado de yogurt con todas las coberturas que quieran (bueno, dentro de lo razonable).

A decir verdad, hay que manejar bastante lejos de casa y seguir por un rincón de la ciudad que no conozco muy bien. El GPS del teléfono me dice que me puede llevar hasta cuarenta y cinco minutos, dependiendo del tránsito. Y que la mejor ruta es por el bulevar Roosevelt, una carretera de doce carriles de locura total. Pero por cualquier otra ruta nos tomaría demasiado tiempo más, y mi soborno —no importa qué tan dulce sea— tiene sus límites naturales.

Fox Chase está en la parte noroeste de Filadelfia, el hogar de muchos policías, bomberos y obreros. Nunca pensé que mis aventuras me llevarían hasta acá, pero oigan, a veces no se puede predecir por dónde irá la vida, ¿saben?

Fox Chase es sorprendentemente bonito y limpio, con unos cuantos hogares solos distribuidos entre los dúplex. La familia que me da curiosidad vive en una casa de planta única y tres habitaciones, sin duda dentro del rango del salario del marido. Parece que viven con comodidad. Hay camiones de juguete y pequeñas figuras de acción regadas sobre el patio de enfrente y unos columpios atrás. Doy vueltas alrededor de la manzana unas cuantas veces y, debo admitirlo: el jardín me produce bastante envidia.

Pero, como cualquier padre sabe, las apariencias engañan, y mucho.

Porque si lo que investigué en internet es correcto, entonces el marido tiene una aventura con una colega del trabajo. La esposa lo sabe, tristemente, pero se lo guarda todo y saca su frustración con los niños. Y eso no está bien, nada bien.

Creo que tendré que hacerles una visita esta noche,

después de que mi esposa llegue a casa. Después de las nueve de la noche, no debe estar tan mal el tráfico por bulevar Roosevelt. Y si guardo mi revólver en la parte de atrás del coche, eso me debería ahorrar unos cuantos minutos.

Pero primero, lo prometido...

—¡Es hora del helado de yogurt, niños!

CAPÍTULO 15

FINALMENTE, CHRISTOPHER QUEDA NOQUEADO. Quizás esta vez por más de treinta minutos (¿quién sabe? Los milagros a veces sí suceden). Y Charlie está abajo tecleando con fuerza su computadora, así que tampoco subirá a molestar a Teaghan.

Ella aprovecha el silencio (no importa cuán breve) para sacarse un poco de leche. Casi está acostumbrada al zumbido, la succión y la sibilancia de la máquina, tanto así que si no pone suficiente atención la leche se desborda. Lo cual le causa un enorme dolor, sin mencionar lo vergonzoso que resulta.

Pero Teaghan ya lo maneja lo suficientemente bien para poder concentrarse en un asunto de trabajo mientras provee el alimento para el bebé. Coloca su computadora portátil en la mesa de la cocina, justo al lado de la bomba de leche, y se pregunta qué diría su abuela (que en paz descanse) sobre esta escena. *¿Necesitas dos máquinas para alimentar a tu bebé? ¿Qué locura es esta?*

Sí, también a mí me parece una locura, Abuela.

Teaghan se desplaza por los artículos en internet sobre los asesinatos-suicidios de Fairmount y Chestnut Hill, esperando toparse con un detalle o dos que se haya perdido en su primera lectura. No quiere pedir las carpetas del caso a menos que tenga algo sólido. De otra manera, sólo estaría metiendo las narices en el caso de otra persona, y a ningún detective le gusta eso.

Como es lógico, Teaghan sabe que los casos son muy distintos. No hay conexiones obvias, sociales ni de negocios, entre los Cooke y los Posehn, los métodos varían y los motivos parecen sólidos, no importa cuán horribles resulten. Aun así, Posehn era abogado del centro de la ciudad y seguramente se movía en sectores adinerados. No es inconcebible que alguien en el círculo de la familia Cooke lo haya conocido personalmente. ¿La muerte de Posehn expondría algún secreto oscuro y profundo de la familia Cooke? ¿Y alguien había decidido que toda la tribu debía desparecer?

¿Acaso Teaghan está forzando una conexión donde no la hay?

Mira la bomba de reojo. *Zumbido, succión, sibilancia.* Su leche cae en gotas dentro de la botella recolectora. Los médicos dicen que es el líquido más dulce y nutritivo del mundo.

La leche materna.

¿Habrá pensado Eleanor Cooke en la leche materna

mientras servía la sopa a sus cuatro hijos esa horrenda tarde de domingo? Después de todo, fue una madre que alimentó a sus bebés y los vio dormir, enfermarse y recuperarse, comer y crecer. ¿Cómo pudo tener el valor de colocar un plato con veneno frente a ellos y mirarlos paladearlo?

Detente, se dice Teaghan para sus adentros. *Apégate a lo que sabes.*

Y, estadísticamente hablando, lo que hizo Eleanor Cooke sí tenía sentido.

Si te asesinan, hay una posibilidad de cincuenta por ciento de que tu homicida sea alguien que te conoce. A veces es un miembro de tu propia familia. En sus años en la policía, Teaghan ha visto suficientes casos de violencia doméstica llevados al límite, que podrían haberse puesto muy feos de no haber sido porque alguien pensó más fríamente o porque alguien tocó a la puerta.

Quizás a Eleanor Cooke la llevaron al límite. A la esposa de Posehn, también. Uno nunca sabe qué guerras secretas está peleando la gente.

Pero aun así... algo *no le cuadra* a Teaghan. En especial cuando agrega a la familia Pancoast a la ecuación.

¿Cuáles son las probabilidades de tres familicidios en un lapso de dos meses?

Mientras lo considera, Teaghan gradualmente se vuelve consciente de un sonido, posiblemente en otro departamento. Alguien que llora, un bebé, aúlla. ¡Por Dios!, casi son las nueve de la noche. ¿Por qué alguien no levanta al niño y hace que deje de llorar?

Cuando Charlie sale del sótano con Christopher aún sollozante en los brazos Teaghan se da cuenta...

¡Ay, diablos, era mi bebé!

CAPÍTULO 16

—OYE —DICE CHARLIE—. ¿No lo escuchaste?

—Me estaba poniendo al corriente con un poco de trabajo, y todavía tengo más por hacer. ¿Te quedas con él por ahora?

Una expresión ligeramente abatida inunda el rostro de Charlie.

—Llevo todo el día con él. Estaba tratando de dormir unas cuantas horas para lograr que mi cerebro funcione otra vez. Sólo me quedan unos cuantos días para terminar esa nota sobre Manayunk, y si pido otra prórroga me van a ver como si estuviera loco.

—Sí, bueno, yo tengo trabajo mañana también. Y no puedo simplemente hacer caso omiso cuando se me da la gana.

Charlie retrocede como si una mano invisible le hubiera dado una bofetada.

—¿Qué demonios se supone que quiere decir eso?

Teaghan se da cuenta de que sus palabras fueron un poco más duras que su intención.

—Nada, olvídalo. Yo me haré cargo.

Los sollozos de Christopher aumentan en volumen e intensidad, como si él pudiera entender exactamente lo que están diciendo sus padres.

Y con sus llantos Teaghan sufre la reacción de su cuerpo. Sus pechos se sienten de repente como si estuvieran por estallar. Es realmente extraño.

La policía de homicidios quiere seguir hurgando e investigando para encontrar la relación secreta entre estos tres casos, pero la mamá quiere —*necesita*— alimentar a su bebé *en este momento*.

—Dámelo —dice, intentando zafar la bomba sin tirarse la leche encima.

—No —dice Charlie—. Yo lo cuido. Tú termina. Después de todo, tú eres la que tiene un empleo de verdad.

—Nunca dije eso. Maldita sea, Charlie...

Pero su esposo se lleva al bebé de regreso a la habitación para tratar de dormirlo otra vez.

Muy bien, Teaghan. Ganaste la batalla, pero sientes como si tus pechos hubieran perdido la guerra.

Quizá sea eso; tal vez sus hormonas están tan alteradas que está viendo conexiones que en realidad no existen. No recuerda haberse sentido así con ningún otro caso. Teaghan opera con hechos, no con corazonadas. Las corazonadas son para los policías de la tele.

Considera ir por el bebé y darle pecho, y de paso proporcionar a Charlie el descanso que claramente necesita. Poner los casos en suspenso hasta mañana en la mañana. Apenas es su segundo día de vuelta en el trabajo. ¿Acaso esperaba resolver esto hoy, sentada a la mesa de la cocina?

Sólo que...

Cada vez que un detective tiene dudas, puede hablar con su compañero. Por eso Dios (o al menos el comisario de la policía, que podría ser la misma cosa) los envía al mundo en parejas.

Teaghan espera hasta estar segura de que Charlie y el bebé están fuera del alcance del oído. Levanta su celular de la mesa de la cocina y teclea el número de Díaz. Todavía es temprano, en especial para él. ¿Cuántas veces ha hablado de quedarse despierto después de medianoche, porque es el único momento que tiene para disfrutar una casa callada?

Después de haber sonado varias veces, Díaz no contesta. Estupendo.

¿Su compañero sigue enojado porque tomó la incapacidad por maternidad? Si es así, bueno, *pues qué manera de ser pasivo-agresivo, amigo.*

CAPÍTULO 17

ESPOSA EN CASA.

Niños y bebé arropados.

Hora de un poco de "tiempo para mí".

Cuando Ruth me pregunta adónde me dirijo, se lo digo.

Bueno, no *exactamente*. Eso violaría el código del "tiempo para mí", ¿no? Son los pequeños misterios los que mantienen vivo un matrimonio.

Así que le digo que me dirijo al Lucky Strike para jugar boliche un poco, lo que me da un pretexto para subir al closet y sacar mi bolso de boliche. No tengo que buscar mucho, porque lo saqué más temprano, en la tarde, mientras Ruth seguía en el trabajo, y preparé todo.

Soy un hombre con un plan. Siempre lo he sido.

Hay un detalle complicado en el trabajo de esta noche: el odómetro de la camioneta.

Manejar hasta el Lucky Strike en el centro de la ciudad es apenas un kilómetro y medio; mi destino actual es de unos 21 kilómetros. Lo que significa que estaré agregándole al menos 42 kilómetros al contador, y no sólo dos.

Bien, mi adorada Ruth casi nunca sube a la camioneta. Incluso cuando lo hace, dudo mucho que se moleste en darle un vistazo al odómetro digital. Claro, es un detalle pequeño, pero de verdad detesto los cabos sueltos. Porque, ¿y algún día *sí* se da cuenta? ¿Y si piensa que tengo una aventura o algo así? (el tema de cuándo podría tener tiempo para un lío amoroso es una pregunta para un físico, porque requeriría violar el *continuum* espacio-tiempo.)

Mientras me preocupo por esto y finjo buscar en el closet mi bolso de boliche, Ruth me pregunta si me molestaría pasar por algunas cosas al Wawa de regreso a casa. Leche fresca para los niños, quizás unas naranjas y plátanos. Sonrío, me incorporo y le digo que no hay problema, luego la beso en la frente. Le digo que le traigo lo que quiera. Cosa que es cierta.

Me ofrece una sonrisa dulce, luego se dirige a darse su baño nocturno.

Coloco el bolso de boliche sobre nuestra cama y abro el cierre. Mi bola real de boliche —un regalo de Navidad de hace tres años— está escondida detrás de unas cajas de zapatos al fondo del closet. El bolso contiene un revólver que compré esta mañana con un vendedor de la calle Spring

Garden... de hecho, es el mismo lugar donde muchos policías de Filadelfia hacen sus compras.

Cosa que es bastante curiosa, considerando todo.

CAPÍTULO 18

CADA FAMILIA ES ÚNICA y exige sus propios instrumentos personalizados de destrucción. Cuando los niños estén más grandes, jugaremos *Clue, ¿quién es el culpable?*, y les enseñaré esta importante lección.

Tomen por ejemplo al coronel Mostaza, el ideal clásico de un imperialista británico, un hombre de recursos militares y barba tupida. Así que un candelabro o un tubo de plomo simplemente no bastarían. No, este gran cazador merece una muerte por medio de algo más apropiado, como un revólver. O, incluso mejor, estrangulación por soga. Dato curioso: su nombre hace referencia al horrible gas asfixiante usado para matar a cientos de soldados de infantería durante la Primera Guerra Mundial.

No necesariamente le voy a decir eso a mis hijos.

En fin, cuando elegí mi blanco actual, sabía que tenía que esforzarme más en el juego.

Para un hombre de sindicato, mentiroso y corrupto como

Pancoast, el monóxido de carbono fue una opción clara. Dejarlo ahogarse con los vapores tóxicos que pasan por la tubería de la ciudad a la que robó. Para una perra adinerada de Chestnut Hill como Eleanor Cooke, necesitaba veneno, así como se envenenaron unos a otros con una incesante codicia al correr de los años.

Pero esta noche una pistola parece tener más sentido.

Porque mi blanco es un oficial de policía.

D-Í-A-Z.

CAPÍTULO 19

EL DETECTIVE MARTÍN DÍAZ llega tarde a casa con tanta frecuencia que no recuerda genuinamente cuándo fue la última vez que llegó a tiempo. Ni siquiera recordaba lo que solía hacer cuando llegaba.

Los momentos de familia parecen ocurrir casualmente, de paso. Su esposa ha llegado a acostumbrarse, al igual que sus hijos. Entienden que papi es un detective de homicidios, lo cual significa horas extrañas y noches largas. Y usualmente un papá malhumorado al día siguiente, en especial si el caso fue particularmente macabro.

Pero durante los últimos dos meses, las noches se han ido alargando incluso más. Y cada vez que pone pie en su propia casa, ésta parece más y más extraña para él, como si por accidente hubiera entrado a la propiedad del vecino. ¿De verdad éste es su sofá? Toda la comida en el refrigerador, ¿es también suya? ¿Quién se come todo esto?

Díaz mete la llave en la cerradura de la puerta principal y

gira el cerrojo de seguridad, luego da un paso, intentando hacer el menor ruido posible. No quiere despertar a nadie, porque éste es su momento de transición. Un poco de silencio mientras pasa de ser un detective a ser un marido y padre con grandes habilidades para evitar a su familia.

De hecho, Díaz está tan acostumbrado a abrir la puerta y ver la sala vacía que legítimamente lo toma por sorpresa ver a su familia entera —a Franny y a los tres niños— sentados ahí, alrededor de la mesa del comedor en la oscuridad.

—Cierra la puerta —dice una voz.

¿Quién demonios es ese?

Díaz entrecierra los ojos hasta que logra ver la silueta de un extraño, ahora visible. Y está sosteniendo algo contra la cabeza de su esposa. A Díaz se le hiela la sangre. Esto no puede estar pasando. No a él, no en su propia casa. Estas son las cosas oscuras y horribles de las pesadillas. No se supone que pasen en la vida real.

Luego Díaz se recuerda a sí mismo: *Soy un oficial de policía. Soy el tipo al que llamas cuando te enfrentas a situaciones exactamente como ésta.*

—No tenemos mucho —dice—. Pero, por favor, llévate lo que quieras. No te voy a detener.

—Cállate —dice la voz— y cierra la puerta.

Díaz obedece, y cierra de un empujón con un movimiento calmado y fluido para dejarle saber al extraño que no va a intentar nada raro. Lo más probable es que éste sea un allanamiento y robo. No es algo inusitado, pero es poco común aquí, en los suburbios de Fox Chase. La mayoría de las veces, se trata de idiotas que pasan por las casas de los narcomenudistas, esperando salir por la puerta, ya sea con el producto, el efectivo o las dos cosas.

—Todo va a estar bien, Franny —dice Díaz, asegurándole a su esposa que él está a cargo.

Franny no dice nada. Sólo lo mira, helada por la conmoción.

—Llega bastante tarde, detective —dice la voz—. ¿No acabó su turno hace horas?

—Así que sabe que soy oficial de la policía.

—Claro que lo sé.

—Entonces probablemente se da cuenta de lo tonto que es esto.

—Llevo la última hora con una pistola apuntando contra su familia. ¿Quién es el tonto en esta situación? ¿Mmm?

Díaz se esfuerza por ver exactamente con quién está lidiando. ¿Es sólo este vándalo, o hay cómplices en otro lado de la casa?

Cuanto más de cerca lo mira, más lo confunde la situación. Este tipo no parece el típico hombre de la calle o un drogadicto que quiere robar utensilios de plata para comprarse una bolsita de heroína. Quizá sus ojos lo están engañando, pero para Díaz, este tipo parece un hombre común.

—Dígame qué quiere —dice Díaz con calma.

—Que nos diga dónde ha estado desde que terminó su turno.

—Usted no sabe nada sobre mí o mi trabajo.

—Su compañera, la detective Beaumont. B-E-A-U-M-O-N-T llegó a casa a tiempo. Pero, por otro lado, recientemente fue mamá. Supongo que aún no ha tenido tiempo de aburrirse de su esposo.

CAPÍTULO 20

ENTENDER LA SITUACIÓN es como una bofetada en la cara. Este no es ningún vándalo, piensa Díaz. Este tipo lo ha estado acechando. *A los dos*, a él y a T. ¿Pero cómo? Y, más importante, *¿por qué?* Peor aún, parece conocer uno de los secretos más culposos de Díaz. Esa bromita sobre el esposo no puede ser al azar.

Así que no hay opción, decide Díaz. No habrá manera de disuadir a este tipo. Vino por algo, y no es por los cubiertos de plata.

Díaz alcanza su pistola, pero el Sr. Cualquiera aprieta su arma contra la cabeza de Franny.

—No lo haga —dice, casi como ladrando.

Toda su familia da un brinco. Su bebita empieza a llorar. *¡Ay, demonios, los niños!* No es que Díaz se haya olvidado de ellos. Sólo ha estado rogando como loco que, como por arte de magia, alguien ponga a sus mellizos y a su bebita a salvo e ilesos.

Díaz de inmediato le muestra sus palmas al extraño.

—¡Mire! Estoy desarmado. No los lastime, por favor.

—Usted es el que los lastimó, detective.

—No sé qué es lo que quiere.

—Quiero corregir la situación.

Cuanto más mira Díaz al tipo, más cree conocerlo. Está bien, quizá *conocerlo* es palabra demasiado fuerte. Pero algo en él le resulta familiar.

Mientras tanto, el Sr. Cualquiera le quita la pistola de encima a Franny... pero luego la apunta contra la nuca de su hija.

—¡Por favor! —grita Franny—. ¡No! ¡Dijo que no la lastimaría!

—Y no lo haré —dice el desconocido— si hace exactamente lo que le pido.

Franny asiente.

Díaz no lo puede soportar. Tiene muchas, muchas ganas de correr hacia ellos y saltar sobre la mesa del comedor, derribar a este monstruo y matarlo a golpes con los puños. Pero Díaz sabe que no podría moverse con la rapidez suficiente para detener una bala. Y no importa qué estupideces haya hecho en los últimos dos meses, la seguridad de su familia siempre —*siempre*— será primero.

Parte de su cerebro —esa que todavía está en modalidad de policía— analiza el rostro del desconocido rasgo a rasgo. Díaz sabe que lo ha visto antes. ¿Pero dónde? ¿Será alguien que lo vio a él (y a su placa) en un bar alguna noche en las últimas semanas? ¿Alguien que ató los cabos?

—Señora Díaz —dice el extraño.

Franny no responde. Es como si se hubiera retirado a algún otro espacio mental. Quizás ella piense que está soñando también.

—*Franny*.

Díaz enfurece por escucharlo decir su nombre de pila. Pero esto hace que ella se espabile y salga de su estado de conmoción.

Ella suelta un grito ahogado.

—¿Qué?

—Quiero que camine hasta su marido y saque su arma de servicio de la funda.

Franny se levanta lentamente, sus articulaciones claramente adoloridas por sentarse y entrar en pánico durante quién sabe cuánto tiempo.

—Ahora, Franny. No tengo toda la noche.

—Está bien, está bien.

La sangre de Díaz ya está que hierve. Este tipo está diciéndole a su esposa qué hacer. Su rostro le resulta familiar de algún lado. Si tan sólo pudiera descifrar *de dónde*, quizá tendría una oportunidad de desarmarlo de alguna manera. De darle la vuelta a las cosas.

Fanny rodea la mesa y llega a su marido. Díaz mantiene las manos alejadas del cuerpo para permitir que ella tome fácilmente la pistola. Es un momento extrañamente íntimo. Sus ojos buscan los de ella, pero Franny se rehúsa a mirarlo. No puede o no quiere.

Díaz siente que el pecho se le comprime. Esto no puede estar sucediendo. ¿Por qué este hombre le hace cosas horrendas a su familia?

—Ahí está —dice el desconocido—. Desactive el mecanismo de seguridad.

Franny lo hace.

—Ahora, dé unos cuantos pasos atrás.

Lo hace.

Espera.

Familia. La palabra refresca una memoria en la mente de Díaz. Recuerda la última vez que vio a una familia en este tipo de situación. Estaban todos muertos por una intoxicación debido al monóxido de carbono en una casa en la calle Christian en South Philly. Teaghan sabía que había algo extraño en esa escena del crimen. Si tan sólo la hubiera escuchado en vez de sermonearla.

—Ahora, quiero que le apunte a su mentiroso y tramposo esposo.

—¿Qué?

En ese momento, Díaz lo recuerda. Sabe dónde vio el rostro del desconocido.

—Y dispárele al corazón.

CAPÍTULO 21

VAYA QUE HAN SIDO INCÓMODAS ese par de horas.

De verdad pensaba que el detective Díaz habría llegado a casa mucho más temprano. Digo, ¿cuánto tiempo puede tomar un devaneo extramarital? ¿Qué, pasaron a tomar pizza y malteadas después?

Lo juro, no era mi intención husmear en su vida personal. Simplemente tenía curiosidad sobre los dos detectives de homicidios a los que les encargaron el caso Pancoast. ¿Eran policías inteligentes? ¿Policías aburridos que simplemente se aparecían para cobrar la nómina? No es que me preocupara mucho. Todo lo pensé con cuidado, hasta el detalle más pequeño. Soy un padre de familia de tiempo completo; tengo que ser un hombre de detalles.

Y parte de esa atención al detalle es saber a quién te estás enfrentando.

Por lo visto, la detective Teaghan Beaumont acaba de volver de la incapacidad por maternidad, lo que explica la manera en que se movía en la escena del crimen Pancoast. Y el hermoso fulgor de sus mejillas: sólo las madres nuevas tienen este tipo de resplandor. Recuerdo lo adolorida que estaba Ruth después de que naciera cada uno de nuestros hijos; vaya que es un calvario el parto natural.

Pero también recuerdo lo hermosa que estaba.

Sin su compañera, al detective Díaz lo asignaron temporalmente con una tal Theresa McCafferty, que es tres años mayor y una borracha cínica. También una coqueta desvergonzada.

La mayoría de los policías evitaban a ese desastre de mujer en particular. Pero supongo que Díaz, sintió que necesitaba un poco de atención. Para cualquier otro, la detective McCafferty no era ninguna perita en dulce. Pero para Díaz, era justo lo que recetó el doctor.

¿Cómo supe todo esto? ¿Quieren saber?

Buena pregunta.

Claro, soy un papá que se queda en casa. Pero solía tener un empleo afuera y todavía tengo contactos en ese mundo. Los cuales son útiles de vez en cuando (además, Facebook es excelente para llenar los vacíos). Sólo digamos que el detective Díaz no hizo mucho para cubrir sus propias huellas.

El tema es que Díaz pronto empezó un desacertado y muy público amorío con McCafferty. Quizá pensaron que estaban seguros, escondiéndose en bares de policías y en el departamento de ella en Northern Liberties. Pero esos bares siempre están llenos de... policías.

Y vaya que a los policías les gusta hablar.

Lo admito: de inmediato me sentí horrible por la familia Díaz, aunque no los conocía hasta en el momento en que toqué a la puerta, presentándome como un terapeuta del departamento de policía con un asunto muy urgente que discutir. La señora Díaz estaba excesivamente ansiosa por darme acceso a su hogar, invitándome a tomar asiento y ofreciéndome una taza de té helado sin endulzar.

Verán, tuve que intervenir, porque sabía cómo terminaría todo. En algún momento, la señora Díaz —Franny— se enteraría del amorío, y ella: a) no dejaría su matrimonio desleal, por el bien de los niños, o b) se divorciaría de su marido infiel, por el bien de los niños.

Pero de lo que no se daría cuenta es que los chicos serían quienes sufrirían, no importa qué opción eligiera. El detective Martín Díaz ya los había condenado. Crecerían para repetir los mismos errores de sus padres, y el ciclo continuaría para siempre.

A menos que alguien hiciera algo al respecto.

Un hombre con un plan.

Ahora Franny Díaz apunta una pistola hacia su marido, y lo más probable es que está pensando en lo que le conté hace una hora, porque le pregunta:

—¿Es verdad, Martín?

Los mellizos ya están lo suficientemente grandes como para entender lo que está pasando. Se quedan mirando a su padre con un delicioso tipo de odio, incluso más intenso que el de su madre. La bebita, afortunadamente, parece no saber demasiado sobre lo que está ocurriendo. Su única respuesta es sollozar suavemente.

No te preocupes, ángel. Todo terminará pronto.

—Franny, por favor...

—¿Lo es? —exige.

Pero la respuesta ya está en los ojos de su marido.

Y ahora Francine Díaz apunta la pistola como si de verdad lo supiera.

CAPÍTULO 22

TEAGHAN ESTÁ COMPLETAMENTE PERDIDA en los apuntes de su caso cuando finalmente suena su celular. ¿Qué será, cerca de la medianoche? Toma el teléfono de la mesa de la cocina, molesta.

—Vaya que te tomaste tu tiempo, Díaz.

La voz en el otro extremo, sin embargo, no es de Díaz. Es una mujer que arrastra un poco las palabras mientras habla.

—¿Detective Beaumont?

—Sí, ¿quién habla?

Hay un sollozo audible, luego el sonido de una inhalación profunda.

—Habla Theresa. Del departamento de homicidios. Nos hemos visto varias veces...

Teaghan ata los cabos rápidamente: Theresa McCafferty, la compañera temporal de Díaz. Si estuvieran en la secundaria, McCafferty sería el tipo de chica bravucona insufrible que desairaría y avergonzaría a Teaghan. Sólo que no están en secundaria y ambas llevan placas y pistolas. Esas "varias veces" que se han visto no fueron agradables; Teaghan siempre trata de evitar a policías como McCafferty.

—Sí, te recuerdo. ¿Qué pasa?

Es extraño escuchar a McCafferty sonar tan triste, tan... vulnerable. Las mujeres como ella no se hacen las vulnerables.

Hay una larga pausa antes de que finalmente pregunte:

—¿Supiste lo de Martín?

—No, ¿qué pasó?

Y luego todo parece llegar de golpe hacia Teaghan. Primero, Charlie, con una expresión afligida en el rostro, sube de la habitación del sótano cargando a su bebé en los brazos.

—T, lo lamento tanto. Lo acabo de escuchar en...

Pero Teaghan está confundida. ¿Qué lamenta? ¿Acaso todo el mundo perdió la cordura al mismo tiempo?

—¿De qué están hablando? —pregunta.

Y luego suena su celular, otra llamada entrante. McCafferty, mientras tanto, sigue en la línea y está diciendo algo sobre Díaz y su familia, incluso los niños y que lo siente mucho.

—McCafferty, ¡dime qué está pasando!

—Los mataron a tiros, Teaghan. En su propio hogar. Hace apenas un rato. ¡Ay, Dios, no lo puedo creer...!

Nada tiene ningún maldito sentido para Teaghan.

Charlie, la mira como si hubiera recibido un diagnóstico de cáncer terminal...

McCafferty habla sobre una carnicería...

La otra llamada, que vuelve a sonar, insistiendo en irrumpir...

En ese momento lo entiende.

La impresión la golpea como un mazo en el pecho y empieza a sollozar, justo ahí, en la mesa de la cocina. Sus dedos frotan los apuntes del caso.

Dios mío.

Díaz.

El bebé, siguiendo el ejemplo de su madre, se despierta y hace lo mismo.

CAPÍTULO 23

LOS CONFLICTOS DE INTERÉS se pueden ir al infierno: Teaghan exige acceso a la casa Díaz *ya*.

Con sólo ver su rostro, los uniformados que vigilan el perímetro se dan cuenta de que negárselo sería una batalla perdida. Uno de ellos levanta la cinta amarilla y la deja pasar.

Son las tres de la mañana, y las calles de Fox Chase todavía están negras como boca de lobo. Pero los vecinos de ambos lados de la calle ya salieron de sus casas calientitas para verlo por ellos mismos. Queda claro que todos escucharon la horrenda noticia. Sus rostros atónitos están alumbrados por las luces rojas y azules de las patrullas, mientras ellos miran alrededor y se acurrucan unos con otros en busca de calor y seguridad.

Todos deben conocer a la familia Díaz... deben saber que el padre era un detective del departamento de homicidios. Normalmente, si un policía vive en tu calle, te sientes un poco más seguro. Pero cuando a ese policía lo asesinan junto con su familia, ¿qué puede significar eso para tu propia seguridad?

Teaghan camina por el sendero principal, mentalizándose para lo que está por ver. ¿Acaso no hicieron esto ella y Díaz hace apenas unos días?

¿Estás segura de estar lista?

Sí, Díaz. Tuve un bebé. Ni que me estuvieran haciendo quimioterapia.

No... quiero decir... estamos hablando de toda una familia.

Ya he visto niños muertos.

Pero Teaghan nunca había visto niños muertos que conociera.

Teaghan y Charlie han visitado la casa de Díaz al menos media docena de veces en el último par de años (sus reuniones familiares eran en casa de los Díaz; porque el pequeño departamento de los Beaumont no funcionaría). A Charlie le encantaba correr en el jardín de atrás con los hijos de Díaz, pateando una pelota de futbol por todos lados y divirtiéndose con juegos rudos, mientras que Teaghan y Martín bebían algunas cervezas y hablaban un poco del trabajo. Por lo menos todo lo que Franny pudiera tolerar.

Ahora que lo pensaba, esas visitas a la casa de los Díaz probablemente le provocaron a Charlie ganas de tener un bebé. Se la pasaban todo el camino de regreso al oeste de Filadelfia debatiendo los pros y contras de una familia.

Charlie, como es natural, tenía muchos argumentos a favor (*estamos envejeciendo, siempre quise una familia grande, mira cómo nos divertimos hoy*), y dejaba que Teaghan disparara todos los argumentos en contra (*los dos tenemos trabajos demandantes, la casa es demasiado pequeña, nuestra vida ya es una locura incluso sin el peso de criar a un niño*).

Pero en su mente, todo se reducía a un gran inconveniente: ser padre de familia significa que debes ser responsable de otra vida; y eso puede ser aterrador. Charlie todavía no entiende eso. No ha visto las mismas cosas que Teaghan ha visto en su vida.

Como esto.

Teaghan respira profundamente y entra por la puerta principal.

Vamos, T, se dice a sí misma, *has estado en docenas de escenas de un crimen. Ya sabes qué hacer.*

Pero otra voz le responde: *Sí, pero nunca se trata de alguien que conozcas.*

CAPÍTULO 24

EL EQUIPO FORENSE todavía está trabajando adentro, pero todos suenan bastante seguros de lo que ocurrió. Teaghan lo escuchó directamente del jefe del departamento de homicidios mientras manejaba hacia Fox Chase.

En corto, los detectives McCafferty y Díaz estaban teniendo un amorío. Ella no lo podía creer. ¿*Su* Díaz —su compañero— y esa calamidad de mujer, comportándose como un par de adolescentes?

—McCafferty básicamente lo admitió todo —dijo el jefe—. Ahora que teme que alguien vaya tras ella.

Por lo visto, ha sido un secreto a voces en el departamento de homicidios. Teaghan no se había enterado porque estuvo ocupada teniendo un bebé.

De alguna manera la pobre de Franny Díaz lo descubrió. Probablemente no por medio de otro policía: el muro azul de silencio es formidable (incluso si Teaghan lo hubiera sabido, está bastante segura, nunca lo habría contado). Lo más probable es que el mismo Díaz cometiera algún error. Dejó a la vista un recibo del bar u olvidó borrar un mensaje de texto.

Sin importar cómo hubiera ocurrido, Franny llegó al punto de quiebre. Y esta noche, después de que Díaz volviera a casa, Franny tomó el revólver de servicio de su marido y le disparó dos veces en el pecho.

Luego volteó la pistola sobre sus hijos, velozmente, antes de quitarse la propia vida.

No...

Teaghan se rehusó a creerlo, aunque la evidencia física estuviera justo ahí frente a sus propios ojos.

Su compañero, muerto sobre el piso de su sala, con dos disparos directos al pecho, los dos en una zona mortal. Los policías entrenan con siluetas para poder disparar con la máxima potencia letal. Lo mismo sucede con muchas esposas de policías, Franny Díaz incluida.

Los niños —los tres— estaban sentados en la mesa de la cocina cuando los mataron.

Y luego, por lo visto, Franny entró a la cocina para quitarse la vida, como si no pudiera tolerar más ver a su marido.

Pero...

Esto no tiene el *menor* sentido.

Teaghan había pasado muchas horas con Franny. Ponerle fin a la vida de sus hijos era absolutamente lo último que haría, jamás. Ella era el tipo de mamá que, sin ayuda de nadie, podría levantar un tráiler y quitarlo de enfrente, si era necesario para proteger a sus hijos. De hecho, Teaghan la consideraba como un modelo a seguir, en el sentido de cómo ser amorosa, pero dura como el acero. Quería ser como Franny cuando fuera mayor.

Y Franny no era una frágil flor que se volvería inestable por la traición de Díaz.

Demonios, la infidelidad es prácticamente una epidemia en la policía. ¿Cuál es la manera más rápida de arruinar tu matrimonio? Ponerte una insignia.

No, Franny Díaz le habría armado un buen alboroto a su marido, luego se habría largado con los niños y de inmediato habría contratado al abogado de divorcios más duro que pudiera pagar. No acabaría con Díaz con dos tiros a la caja torácica; lo haría sufrir por el resto de sus días. Ése es el tipo de mujer que era Franny; no una asesina, no una loca suicida.

Un flashazo espabila a Teaghan y la saca de sus pensamientos. Uno de los forenses está tomando una foto de algo cerca del cuerpo de Díaz. ¿Un casquillo, quizá?

—¿Qué es eso? —pregunta—. ¿Junto a la mano?

Mantener una distancia profesional es la única manera de poder enfrentar algo así.

El forense levanta la mirada, la reconoce, luego masculla sus disculpas mientras se quita del camino.

Teaghan no se puede agachar, pero incluso de pie puede

verlo, tan claro como el agua: una palabra garabateada, junto a la mano de Díaz. Escrita con su propia sangre en la alfombra de la sala.

Pap

Con la última letra sólo apenas formada, porque seguramente Díaz murió al escribirla. La última voluntad y testamento de su compañero: *Papá*.

CAPÍTULO 25

PUES ESTA NOCHE NO RESULTÓ como la había planeado.

De ninguna manera.

Manejo hacia mi casa sintiéndome bastante deprimido, para ser honesto. Los problemas fueron dos: mi blanco y mi selección de arma. En otras palabras, quizá cometí un error con el coronel Mostaza: es decir, con el detective Martín Díaz y la pistola.

Los policías siempre son un problema, porque tienen horarios extraños. Cuando descubrí que el detective Díaz tenía un aventura, pensé que podría ser un coqueteo ocasional, no un delirio de cada-noche-que-logre-escaparme. Así que ahí estaba yo, sentado en su casa, con su esposa e hijos a punta de pistola durante más de una hora. ¡Vaya incomodidad! Los pobres niños, despiertos mucho después de su hora de ir a la cama, mirando a su madre con expresiones cada vez más llenas de pánico en los ojos. Si el detective Díaz no hubiera llegado finalmente a casa cuando lo hizo, la situación podría haberse salido de control por sí misma.

(Digan lo que digan de los Cooke, al menos ellos cenaban a la misma hora, sin falta.)

Y luego estaba la matemática de la situación. Si uno de los Díaz —¡o todos!— decidía correr hacia mí, no estoy seguro de haber podido jalar el gatillo. Porque no soy un asesino injustificado. Si las muertes no se realizan justo como debe ser, no las llevaría a cabo. Les doy clemencia pacífica, no una muerte aterradora. Quizá no todos hayan apreciado las sutilezas en el momento, pero estoy seguro de que lo entenderán en el más allá.

Donde todo tendrá sentido para nosotros.

Por los siglos de los siglos, amén.

En fin, tengo todas estas tonterías dándome vueltas en la cabeza mientras manejo por el largo trayecto de vuelta a mi barrio. Estoy tan absorto que me doy cuenta de que olvidé pasar por la leche, las naranjas y los plátanos que Ruth quería que comprara en el Wawa. Estupendo. No es que ella se queje, Ruth no es de ese tipo. Pero la expresión ligeramente decepcionada en su mirada será castigo suficiente. Tendrá que hacer un viaje extra a la tienda, lo que hará que su día de trabajo se vuelva mucho más largo, y lo último que quiero es complicarle la vida.

Mientras llego a nuestra calle, pienso en dirigirme al mercado de veinticuatro horas de todos modos, pero luego veo que hay un lugar de estacionamiento que no está muy lejos de nuestra puerta delantera. No lo puedo dejar a la suerte. Si no tomo el lugar ahora, alguien más lo hará. Simplemente tendré que lidiar con la decepción de mi esposa mañana.

También debo formular una explicación de por qué llegué tan tarde esta noche. Un hombre sólo puede jugar boliche hasta cierta hora y no quiero que ella se empiece a preocupar o piense que estaba portándome como un cerdo asqueroso, igual que el detective Díaz.

Guío mi camioneta para meterla en el espacio de manera perfecta, experta. Basta vivir tiempo suficiente en Filadelfia para poder estacionarte en paralelo en piloto automático. Pero esta vez —¡epa!— mi neumático trasero derecho golpea la banqueta y me sacude en mi asiento. ¿Qué demonios? Debo estar perdiendo mi toque.

Cambio de velocidad, hago la camioneta hacia delante unos cuantos centímetros, giro el volante con un tirón un poco más fuerte y vuelvo a intentar.

Y esta vez GOLPEO de nuevo.

Es una locura. Sujeto la palanca de velocidades, la deslizo desde la R hasta la D, revisando la pantalla para asegurarme de no estar metiendo la velocidad equivocada o algo así. Ahí es cuando noto el odómetro.

Esta vez, cuando salí en la tarde, tuve cuidado de tomar

nota de la cantidad de kilómetros que marcaba (siempre lo hago.) Eran 91,243.

Calculé el viaje a Fox Chase y el regreso con antelación. El viaje únicamente debería haber agregado 42.5 kilómetros al conteo. Básicamente lo mismo que un maratón. Si estuviera en mucho mejor condición, en teoría podría haber ido corriendo hasta allá y regresar.

Entonces, ¿por qué mi odómetro dice 110,708?

CAPÍTULO 26

EL DEPARTAMENTO LE DA UNOS CUANTOS DÍAS libres, cosa que es bienvenida y horrenda la vez.

Porque Teaghan sólo lleva trabajando ¿qué?, ¿menos de una semana? Y ahora otra vez está en su casa en modalidad de mamá. La parte de su cerebro que es policía está enfurecida. *¿Qué demonios son estas tonterías? Quiero trabajar. Necesito trabajar.*

Sin duda, en secreto Charlie está encantado. Teaghan puede cuidar al bebé mientras él realmente se concentra en su nota sobre Manayunk.

—Deberías disfrutar el tiempo extra con el bebé —dijo—. Él es lo que importa ahora.

Ella sabe que su marido no lo quería decir en ese sentido, ¿pero qué hay de Díaz y su familia? ¿Ya no son importantes?

Pero la parte de su cerebro que es policía está gritando, quiere justicia para su compañero caído. Para Franny, los mellizos y la bebé.

Teaghan sostiene a su hijo, meciéndolo suavemente, intentando que deje de llorar y se duerma por sólo un momento para que ella pueda pensar.

—Shhh, vamos, dulzura.

Todo es tan fortuito que es absurdo. ¿Un detective de homicidios involucrado en un familicidio mientras estaba investigando otro familicidio? Incluso antes de escuchar las noticias, Teaghan pensaba que dos de los tres casos tenían relación. ¿Y ahora hay un cuarto caso, apenas dos días después de los asesinatos Pancoast?

¿Qué está pensando realmente? ¿Alguien anda por ahí, asesinando a familias inocentes y tratando de hacer que parezca como que ellos mismos se mataron? Eso también sería una locura.

—Está bien, pequeño. Shhh, vamos. Aquí está mamá, aquí está papá, todo va a estar bien.

Sólo que...

Una palabra la detiene: *inocente.*

¿Esas cuatro familias eran realmente inocentes? No importa cuánto le doliera admitirlo, Martín Díaz sin duda no lo era. Estaba teniendo una aventura a espaldas de Franny, y nada menos que con esa borracha de McCafferty. El jefe no lo tuvo que verificar; la conmoción en la voz de McCafferty se lo confirmó todo. Y eso explica por qué Díaz se comportó de manera tan extraña y fría con ella el primer día de regreso. No puedes engañar a un colega por mucho tiempo.

Teaghan lo habría descubierto antes o después, y él habría tenido que lidiar con su ira. Ella podría no haberle soltado la sopa a Franny, pero Díaz habría sabido que Teaghan no toleraría su duplicidad por mucho tiempo.

El jefe dijo que era un secreto a voces en el departamento de homicidios.

Pero si *hay* algún asesino allá fuera que mata familias enteras, ¿eso quiere decir que se trata de un policía? Esa idea la horroriza, ¿pero quién más sabía de Díaz y McCafferty?

¿Y cuál es la relación con los asesinatos Pancoast? ¿O con los otros?

Quizá Pancoast era culpable de algo, también. Eso fue lo que el mismo Díaz alegó en la escena del crimen.

Vamos, T, estamos hablando de los sindicatos de Filadelfia. Ya llevas suficiente tiempo en la ciudad como para saber lo que eso significa.

Entonces el asesino se entera de los trapos sucios de Díaz y de Pancoast... ¿Y qué pasa con Cooke y Posehn? ¿Qué errores cargaban en sus malas consciencias?

Christopher se rehúsa a dormir sin reñir primero: es tan terco como su madre. Mientras el bebé sigue llorando con intensidad y a ella le duelen los pechos, Teaghan considera pedirle a Charlie su computadora, sólo por unos cuantos minutos, para poder investigar.

Pero no. Sería admitir algún tipo de derrota. Puede ser

una detective de homicidios y madre al mismo tiempo, ¿no es así?

Así que simplemente tendrá que aguantarse e ignorará los llantos.

La mente de Teaghan vuelve a la escena del crimen Pancoast. ¿Hay algún parecido físico entre esa escena y la de Díaz? Los asesinos típicamente siguen un patrón, incluso cuando hacen todo el esfuerzo por evitarlo. Ella necesita algo tangible para vincular los dos crímenes. No puede entrar a la oficina del jefe con una *corazonada* bien intencionada.

Teaghan repasa mentalmente los dos escenarios, como si pasara las hojas de dos álbumes de fotografía distintos, en busca de un detalle que se repita.

—Shhh, cariño, todo va a estar bien. Mami está aquí.

Y luego de repente se le ocurre el vínculo entre los asesinatos Pancoast y Díaz. *¡Bah!* Es tan obvio que le molesta no haberlo pensado hace horas.

El vínculo entre los dos es Martín Díaz.

CAPÍTULO 27

ESTA MAÑANA, me sentí como el último hombre sobre la Tierra.

Estoy solo en mi casa callada y vacía. No completamente solo, por supuesto: Jennifer está en su cuna, arropada y tomando una siesta. Pero los niños están en la escuela y Ruth no responde mis mensajes de texto... ni mis llamadas. ¿Tiene que ver con los plátanos y la leche que olvidé o con algo más? Esta mañana se comportó conmigo fría como el ártico. Traté de disculparme, le expliqué que no me había dado cuenta de lo tarde que se había hecho, pero ni siquiera quiso hablar. Fantástico.

Nada como la ley del hielo para hacer que un marido se sienta tan miserable.

Y ahora estoy aquí sentado, retorciéndome en mi propia vergüenza, pensando en cómo compensar a Ruth. Quizá si voy al supermercado y compro los ingredientes para preparar su cena favorita (tallarines con camarones y albahaca). Sí, definitivamente va por ahí.

Esto también me dará un pretexto para revisar el odómetro de la camioneta. Quizás estaba viendo cosas anoche. Eso, o Jennifer se está escabullendo de noche para dar un paseo en un auto robado.

Pero cuando llego a la camioneta, me doy cuenta de dos cosas. Olvidé mis llaves. Y, más importante, olvidé bajar a Jennifer, quien todavía está durmiendo arriba en su cuna.

¡Caracoles!

Golpeo mi puño contra la ventanilla del copiloto. ¿Cómo pude ser tan tonto? Golpeo una y otra vez, gruñendo con cada golpe. A veces simplemente podría...

Los transeúntes me lanzan miradas duras, como diciendo, *¿Quién es este lunático?* Disculpen, gente, sólo soy un padre de familia agobiado que está perdiendo un poquito la cabeza. Vuelvan a sus propias vidas perfectas y dejen que tenga mi colapso en privado.

Bueno, no ayudará en nada quedarme aquí fuera parado y golpeando mi auto. Así que vuelvo trotando a mi puerta delantera, tecleo el código de acceso y...

BIP, BIP.

Nada. Una luz roja parpadea.

Eh... debo haberlo tecleado mal. Vuelvo a intentar.

BIP, BIP.

La luz roja.

¿Qué demonios...?

El código de acceso es nuestro aniversario, el mes y el

año. No es algo que olvidaría. Pero esta estúpida puerta de seguridad parece que sí. ¿Acaso todos están en mi contra hoy?

BIP, BIP.

La luz roja titila.

Si vuelvo a teclear el código una vez más, alertará a la empresa de seguridad, lo que significa que las alarmas en toda la casa se activarán y vendrá la policía. Y quizá sólo estoy siendo tonto y supersticioso, pero parece una idea supremamente mala llamar a la policía el día después de haber matado a uno de ellos.

No me puedo quedar aquí en el escalón. No si Jennifer está adentro sola. ¿Si despierta y entra en pánico porque su papi no está (por ser un cabeza hueca)?

Piensa, *piensa...*

Podría caminar hasta la oficina de Ruth en el centro de la ciudad y pedirle sus llaves de la casa. Un viaje de ida y vuelta me tomaría al menos treinta minutos... y eso si mi figura ligeramente fuera de condición (y, para ser sincero, venida a menos) corriera la mayor parte del camino. Sí, eso sería súper encantador, aparecer en el lugar de trabajo de Ruth, decir: *Lo... siento... querida... ¡Uf...! Creo... haber... olvidado... las... llaves...*

Ni pensarlo.

Además, Ruth estaría furiosa conmigo si dejara a nuestra nena sola en casa por media hora, todo porque salí con prisas (olviden el hecho de que estaba apurado porque quería darle una ofrenda de paz sirviéndole su platillo favorito).

Parado ahí, sobre el escalón, me doy cuenta de que tendré que hacer algo absurdo.

Allanamiento de mi propia morada.

CAPÍTULO 28

UN ADULTO, DUEÑO DE SU CASA, pasa una buena cantidad de tiempo pensando en cómo hacer que la propiedad sea a prueba de ladrones. Ruth y yo fuimos muy buenos para eso. Nos sentamos e hicimos una lista de todo lo que queríamos: detectores de movimiento, pestillos en los marcos y las puertas delanteras y traseras, y barras en todas las ventanas al nivel del sótano.

Lo que, por supuesto, hace que mi misión sea bastante difícil.

¿Cómo diablos voy a irrumpir en el equivalente doméstico del Fuerte Knox?¿ Me quedo mirando a mi propia casa, completamente desconcertado.

Luego bajo la mirada hacia mi calle y lo veo: un pequeño roedor peludo con una cola esponjosa sube corriendo como rayo por el tronco de un árbol. Mi némesis, la ardilla común gris.

La pequeña criatura me da la respuesta que necesito,

porque cuando diseñé mi pequeña trampa de ardillas en la parte de atrás de la casa, retiré las barras de la ventana. Así que lo único que tengo que hacer es ir ahí, empujar la trampa hacia la casa, luego arrastrarme hacia adentro. Cosa que hago, sintiéndome como un forajido (e imbécil) total.

La trampa cae sobre el linóleo del sótano con tremendo estrépito. Si los vecinos no lo escuchan, la pobre Jennifer seguramente lo hará.

La camisa y los pantalones se me rasgan por completo mientras me meto por la ventana del sótano. Y déjenme que se los diga: no hay manera agraciada de llegar al suelo. Me dejo caer, me tambaleo y caigo sentado. Los jueces olímpicos ni siquiera se molestan en levantar sus tarjetas de calificación.

Subo las escaleras, poniendo atención para ver si oigo los llantos de Jennifer. Pero no la escucho para nada. ¿Cómo podría seguir dormida a pesar del ruido de la jaula que cayó contra el suelo? Pero sí oigo un ruido arriba. Algo como... agua que corre. ¿Dejé el grifo abierto, además de olvidar las llaves?

Acelero el paso y entro corriendo por la sala. Extrañamente, hay una bolsa de herramientas en la alfombra de la sala, junto a un bote de basura que está rebosante de envolturas de comida chatarra y latas de refresco. ¿De dónde salió todo eso? ¿Habrán hecho una fiesta anoche Ruth y los niños?

Eso no importa ahora. Necesito revisar el sonido de agua que corre, que parece venir del baño de arriba. El horror y el pánico me estrujan el corazón. No hay manera de que Jennifer haya salido de la cuna, gateara hasta llegar al baño y abriera los grifos... ¿o sí?

Subo corriendo esas escaleras con más rapidez que nunca antes y me dirijo por el pasillo hacia el baño principal. La puerta está parcialmente abierta. La pateo con tanta fuerza que golpea contra la pared.

Adentro del baño hay algo que al principio no puedo entender del todo.

Tenemos una enorme bañera con patas de garra, cosa que prácticamente al instante nos convenció de comprar esta casa. Y ahora el agua del grifo está corriendo, la bañera está llena y rebosa, y el líquido cae en olas al piso de azulejo.

Pero lo que hay en la bañera no es agua...

Dios mío, eso es...

¿Sangre?

CAPÍTULO 29

—DÉJAME VER EL VIDEO de la multitud del caso Pancoast —dice Teaghan.

Está en el cuartel de la policía conocido como Roundhouse o "casa redonda", dentro del pequeño y obsoleto laboratorio de evidencias. El oficial Alex Sugar, el videógrafo que tomó las imágenes en la escena del crimen Pancoast, prepara todo y luego titubea. Su mano se detiene sobre el mouse de la computadora.

—¿Estás segura de esto? —pregunta Alex.

—¿A qué te refieres? —dice Teaghan—. Claro que estoy segura. Tengo que ver quién estaba ahí.

Están parados frente a un viejo monitor destartalado de casi dos décadas de antigüedad, conectado a una computadora que no es mucho más nueva. Los criminales se pueden dar el lujo de costear las armas y dispositivos de comunicaciones más recientes, pero la policía a menudo lucha contra ellos con herramientas del siglo pasado.

—No lo sé —dice Alex—. Se me ocurrió que quizá no querrías verlo.

—¿A quién?

—A Díaz —dice calladamente—. Ustedes dos también salen en el video.

Teaghan vacila sólo un momento.

—Está bien, ponlo.

Es muy amable de parte de Alex advertirle. Pero ver a Díaz es de lo que se trata todo esto. Porque únicamente hay una conexión entre los asesinatos de la familia Díaz y los Pancoast. Y es el mismo Díaz, quien estaba muy visible en la escena del crimen esa mañana.

Si el asesino lo vio, entonces estaba parado entre la multitud, mirándolos trabajar.

Alex hace clic con el mouse, y en la pantalla cobra vida la multitud afuera de la casa de los Pancoast.

Los videógrafos de la policía a menudo toman imágenes de los curiosos alrededor de la cinta amarilla, debido al sorprendente número de perpetradores a los que les encanta volver a las escenas de sus propios crímenes. Teaghan no sólo anhela que el psicópata al que está cazando haya hecho lo mismo, sino que también espera que éste haya hecho algo que lo haga sobresalir.

Si el asesino logró ver a Díaz, eso podría explicar cómo ese loco etiquetó a su compañero como su próximo objetivo.

—Haz una panorámica hacia la izquierda —Teaghan le pide a Alex.

¿Pero quién podría ser? Hay más de una veintena de personas reunidas en la calle Christian esa mañana, un fragmento de la población total de South Philly. Jubilados, corredores, gente de negocios, *hipsters*, constructores, padres e hijos.

—Espera. Detente justo ahí.

Díaz dejó sólo una pista. La palabra *papá*, garabateada con su propia sangre en la alfombra de la sala. ¿Estaba tratando de decirle algo? ¿O era sólo la primera palabra de un mensaje final para sus hijos? *Papá lo siente.*

No. Ese no era Díaz. Y Franny no era una asesina.

Alguien más entre la multitud les hizo eso.

Si el psicópata vio a Díaz, hay muchas posibilidades de que también Díaz lo hubiera ha visto a él. Incluso quizá lo reconoció en los momentos previos a su muerte.

Papá.

No es el principio de una disculpa. Trataba de decirle a Teaghan quién lo había hecho.

—Justo ahí —dice Teaghan, apuntando a la pantalla—. ¿Puedes hacer un zoom hacia este tipo?

—¿Quién? ¿El que tiene el bebé?

—Sí.

El papá, piensa para sí.

Alex hace clic en la esquina de la imagen, y lentamente la

imagen hace un zoom hacia el papá. Con cada aumento de tamaño, se ven un poco más los pixeles de la imagen. Pero Teaghan puede ver que es un hombre blanco de poco más de cuarenta años, con un poco de barba incipiente en las mejillas y barbilla, y al que le hace falta un corte de cabello.

Y quizá sea la imagen recortada, pero hay algo extraño en su ropa también. Como si estuviera recién salido de la cama y se hubiera atado el bebé al pecho para hacer unos mandados antes de tener la oportunidad de acicalarse. Algunos padres de familia de verdad se descuidan. Lo estaba empezando a notar Charlie, quien a veces pasaba un día o dos sin bañarse (cosa que, *puaj*, piensa Teaghan, tendrán que discutir en algún momento).

Pero el tipo parece tener una actitud muy despreocupada hacia la higiene personal. Pobre bebé. Habría que imaginarse lo que tiene que soportar todo el día.

—Alex, ¿puedes hacer un acercamiento al niño? ¿Quizás esa cosa se vea un poco más nítida en otra parte del video?

—¿*Esa cosa*? ¿Eh? —pregunta Alex, perplejo—. Eres mamá, ¿no? Pensaba que iba contra la ley referirse a un bebé como *esa cosa*.

—Créelo, digo sarcasmos mucho peores a las tres de la mañana cuando mi hijo está llorando y no se quiere dormir. ¿Puedes mostrarme otra toma?

—Disculpa —dice Alex, haciendo clic. El video se regresa, se adelanta, y vuelve retroceder, hasta que Alex de repente lo detiene cuando su ojo ve algo en la imagen fija.

—Uy, creo que esta toma es buena —Alex hace clic rápidamente—. *Un padre no tan padre* —dice, incapaz de controlar una risita burlona en el rostro. Pero si Teaghan entiende la broma, no lo manifiesta en lo más mínimo.

—Espera —dice Teaghan y señala—. Justo ahí.

—¿Qué?

—Acércate más. ¿No lo ves?

Alex tiene que hacer clic unas cuantas veces más antes de que quede claro.

—Eso no es un bebé —dice Teaghan.

CAPÍTULO 30

HAY SANGRE POR DOQUIER.

Logro hundir mis manos temblorosas en la (repugnante y tibia) sangre para cerrar el grifo y detener el flujo de agua, pero ya es un desastre, y ahora se derrama sobre mis pantalones y zapatos. ¿Qué está pasando aquí? ¿O, peor aún, hay algo (o alguien) bajo toda esa sangre?

Hundo las manos otra vez en la bañera asquerosamente llena, rogando que mis dedos no rocen con nada *(como mi más dulce bebita)* en el fondo.

Cuanto más toco, más ganas tengo de vomitar. Estoy metido en esto hasta los codos... ahora los hombros, con el rostro a apenas unos cuantos centímetros de la superficie. El rudo y cobrizo olor a sangre está en todo, metido en mi nariz, mi boca y mis ojos. La sangre humana tiene el aroma más terriblemente distintivo. Como si fuera el modo en que la naturaleza puede decirte que si estás rodeado de tanta cosa intensamente roja, entonces, hermano, estás en serios problemas.

Pero, ¿estoy en serios problemas?

¿De dónde salió todo esto?

Después de mucha búsqueda en pánico, agradezco no encontrar nada en el fondo de la bañera. Hombre, me siento mareado. Debería ir a revisar a Jennifer en su cuna, sólo para asegurarme, pero estoy tan abrumado por la visión de todo este líquido humano que me tambaleo hacia atrás y me resbalo, mi coxis se azota contra el duro piso de azulejo.

Sólo denme un minuto. Necesito un minuto para respirar. Un minuto para procesar. Para dejar que la sangre termine de empapar mis brazos.

Ya voy, nenita. Ya viene papi. Papi no te puede cargar con los brazos cubiertos de esta horrible inmundicia.

Pero luego veo algo extraño en el piso (como si un baño empapado de sangre no fuera lo suficientemente raro): pisadas. No son marcas de zapatos, sino las huellas sangrientas de unos pies desnudos, que van desde la bañera hacia el pasillo.

¿Cómo no las noté antes?

Una parte de mí piensa que Ruth de verdad me va a matar cuando vea este desastre, pero ahora necesito descifrar esta locura y preocuparme por Ruth después. Me incorporo, chapoteando entre el agua sanguinolenta , y sigo las huellas.

Bajo la mirada para verme. Parece que estuve trabajando medio tiempo en una planta procesadora de carne. ¡Una locura!

Tengo cuidado de no borrar las huellas (evidencia, ya saben) sólo las veo desde el baño y por las escaleras de madera. Mientras me dirijo abajo, pienso en esa placa que algunas personas cuelgan en sus hogares... ya saben, la que tiene unas huellas y a Dios en una playa arenosa. Me pregunto qué significa que de repente aparezcan huellas *sangrientas* junto a las tuyas.

Sea lo que sea, no puede ser bueno.

El rastro me lleva a la sala, que está completamente vacía, como si unos bandidos hubieran limpiado todo durante los cinco minutos que estuve arriba, en el baño. Sólo queda la estúpida bolsa de herramientas y el bote de basura. ¿Qué demonios está pasando?

Preocúpate por eso después, me digo. *Sólo lo entenderás si sigues el rastro.*

Ser un buen padre y marido significa que debes ser el ancla en el maremoto que se arremolina. Así que me rehúso a doblegarme ante la locura. Voy a descifrar esto. ¡Ruth y los niños cuentan conmigo!

El rastro me lleva a la puerta trasera, baja por las escaleras, cruza nuestro patio relativamente pequeño, baja por un callejón y avanza por el parque. Mientras camino fatigosamente por el césped, las pequeñas ardillas grises corren a toda velocidad a mi alrededor, como si se burlaran de mí. No se preocupen. Volveré y lidiaré con esas pequeñas bellacas después. Con todas. Aunque eso signifique que debo comprar docenas de jaulas pequeñas.

Un cartero fuerte y corpulento que va por su ruta diaria me mira dos veces mientras paso. Me doy cuenta de cómo debo lucir.

—Disculpe —le digo—. Sé que soy un desastre. Pero estoy pasando por cierta crisis personal en casa.

El cartero no dice nada. Es como si se hubiera quedado helado, con un grueso fajo de cartas en la mano.

—Pero no se preocupe, ¡no es mi sangre! —agrego rápidamente, como si mi explicación pudiera tranquilizarlo.

No lo hace. El cartero se descongela, luego abruptamente da vuelta la esquina, ya sea para seguir con su ruta o para llamar a los hombres de la camioneta blanca y las camisas de fuerza.

Bueno, no me puedo preocupar por él ahora. Tengo un misterio que resolver.

Y, por supuesto, las huellas siguen y me llevan al otro lado de la calle y bajan por las orillas cubiertas de hierba del río Schuylkull, antes de hacer un abrupto alto en la fría ribera del río.

¿Qué demonios significa todo esto? ¿Acaso un hombre lleno de sangre usó nuestra bañera, dejó el agua del grifo abierta, luego procedió a robarse todas nuestras posesiones antes de escapar velozmente por el río?

No tienes la menor idea, dice una voz familiar. *Como siempre.*

Levanto la mirada desde la orilla. Ahí, parada con el agua hasta la cintura, está mi dulce y adorada esposa.

—¡Ruth! ¿Qué estás haciendo ahí adentro? —grito prácticamente—. ¡Te vas a enfermar! —Su rostro está tan pálido, tan triste. ¿Qué le sucedió?

Tú eres el que está enfermo, dice. *Te van a atrapar muy pronto. Lo sé de buena fuente.*

—Ruth, por favor, detente. ¡Esto no es chistoso! ¿Tienes la menor idea de lo que tuve que pasar?

¿Alguna vez han visto los ojos de alguien ponerse completamente negros? Bueno, ahora imagínense a alguien que aman, que les importa profunda y apasionadamente, a quien juraron honrar y respetar por siempre. Imagínense que sus ojos se ponen negros, al grado de que ya no saben si todavía son humanos.

No me cuentes, dice ella, *sobre lo que te ha estado pasando a ti.*

—Esto es una locura —digo. Luego me quito los zapatos, me enrollo los pantalones y entro caminando al río, intentando sacar a Ruth por la fuerza, si eso es necesario. El agua está helada. Prácticamente puedo sentir los poros de mis piernas cerrándose por completo. Y ni hablemos de cómo se siente el fondo del río.

—Ruth, sólo quédate donde estás.

Pero después de avanzar unos pasos, me doy cuenta de que ella ya no está.

Y, ay, miren.

Soy yo el que está sangrando.

CAPÍTULO 31

—¿ESTÁS SEGURA? Para mí se ve bastante real.

Teaghan entrecierra los ojos mientras mira más de cerca la imagen en la pantalla.

—Confía en mí, Alex. Acaban de sacarme una de esas cosas del cuerpo. Soy una especie de experta en el tema. Ese bebé es falso.

—Todavía no comprendo cómo puedes saberlo.

—Ningún bebé se queda quieto por tanto tiempo. La pregunta es, ¿quién es su papi?

Alex hace un zoom hacia la imagen lo más que puede, y sí, el bebé, visto desde el ángulo correcto, obviamente es falso. Una buena falsificación, eso sí. De tamaño realista y toda la cosa, del tipo de muñeca costosa que las niñitas visten y llevan al té con sus mamis. Pero la perfección es lo que puso sobre aviso a Teaghan. Los bebés de carne y hueso no se comportan como utilería; tienen actitudes, impulsos y agendas propias.

Ahora la gran pregunta es: ¿qué está haciendo este tipo andrajoso de mediana edad con una muñeca falsa atada contra el pecho en la periferia de la escena del crimen?

Tratabas de mimetizarte, ¿correcto? Quitar la atención de tu rostro mientras observabas a los policías que investigaban los asesinatos que orquestaste.

Después de que Alex imprime múltiples fotos de la cara del sospechoso del video de los Pancoast, Teaghan las hace circular por el departamento junto con una nota: *¿Alguien reconoce a este tipo? ¿Un exconvicto, quizás? ¿Está en alguna lista de los más buscados?*

Sus compañeros, los detectives del departamento de homicidios, están muy ansiosos por mirarlo cuando ella se acerca y les susurra directamente a la cara:

—Creo que ésta es la bazofia que mató a Díaz y a su familia.

Son sorprendentemente pocos los detectives que se resisten a Teaghan. Al contrario, muchos de ellos expresan una variación sobre el mismo tema: *Sabían que Franny no podría haber hecho esto.*

Díaz, no importa sus defectos, todavía es un hermano para ellos. Y no quieren otra cosa más que vengar a su familia.

Técnicamente, el departamento de policía tiene acceso al software de reconocimiento facial. Pero para usarlo, tienes que pedirle un favor al FBI y, dependiendo del ambiente político, el comisionado tendría que involucrarse. Teaghan no tiene paciencia para esas tonterías. Prefiere hacerlo a la vieja usanza, sin todo el papeleo. Si este tipo es un delincuente, es muy probable que alguien en el departamento lo identifique.

Y dentro de veinte minutos, Teaghan tiene un resultado.

Pero no es un asesino.

En vez de eso, alguien reconoce a una *víctima*.

—Rayos, creo que es Harry Posehn —dice el detective D'Elia—. Sabes, ¿el abogado al que se le volvió loca la esposa, y luego lo mató a él y a sus hijos? Pasó apenas hace un par de meses.

Teaghan casi se cae de espaldas. ¿W. Harold Posehn, el antiguo abogado de defensa? ¿El primer familicidio de la serie?

—Espera, espera —dice—. Pensaba que Posehn estaba muerto.

D'Elia se avergüenza un poco.

—Bueno, encontramos su sangre por toda la casa, y parecía que había llegado hasta el río antes de caer y ahogarse —dice—. Pensamos que la corriente se lo había llevado hasta el astillero naval, quizás hasta la bahía de Delaware.

—¿Y esto nunca llegó a los periódicos? —dice Teaghan.

—No. Los padres de Posehn tienen bastante poder en este estado, y querían que se mantuviera en secreto. Y el alcalde los protege, así que...

Los padres, piensa Teaghan. *Harry Posehn todavía está vivo.* Era un padre de familia y mató a su esposa e hijos. Le tendió una trampa a su mujer y escapó. ¿Pero por qué los asesinaría? ¿Fue un castigo? ¿Pensó que era un acto de misericordia?

¿Es eso lo que está haciendo ahora? Matando a padres e hijos en familias que considera disfuncionales? ¿O es una venganza?

CAPÍTULO 32

EL MUNDO ES LO QUE HACES DE ÉL.

Eso es lo que mi padre, el Gran Harold, siempre me dijo.

Si te encuentras atrapado en una vida que no quieres, no es culpa de nadie más que tuya.

No me malinterpreten. Amaba a Ruth y a los niños. Con locura, profundamente. Habría hecho lo que fuera por ellos. ¿Por qué creen que trabajaba tantas horas para proporcionarles todos los lujos materiales que merecían?

Claro, Ruth se quejaba de que yo nunca estaba en casa, pero yo también sabía que disfrutaba los electrodomésticos de lujo y las ollas Le Creuset, la gran casona con pisos de duela y la bañera de patas de garra con el tamaño suficiente como para meter a toda la familia. ¿Qué se suponía que debía hacer? ¿Renunciar al despacho y decirle que viviera con menos?

Saben, es su culpa, de hecho. ¡Ruth debería de haberme dicho que algo estaba mal!

Un día te levantas, te bañas, te tomas un café y te vas a trabajar, y permaneces ahí como catorce horas, estás agotado y lo único que quieres hacer es ir a casa y disfrutar una cena y una copa de vino con tu esposa, pero en vez de eso la encuentras en el baño, y ella está...

Bueno, probablemente sea mejor no obsesionarse con el pasado.

Mejor pensar en el futuro.

¡El futuro, donde las posibilidades son interminables!

Quiero decir, piénsenlo. Hace apenas unos cuantos días, yo ni sabía su nombre. Sólo era una cara bonita en la multitud. Ojos cansados y mala postura, pero, oh, ese fulgor en sus mejillas. Inconfundible. Supe desde el momento en que le puse los ojos encima que sería divertido conocerla.

Su compañero era otra historia. No merecía estar en su presencia. No sé cómo ella toleraba su rudeza. Me pregunto cuántas veces él intentó seducirla, a la espera de sexo casual en la parte de atrás del auto. Quizás ella alguna vez cedió...

No. No mi chica. Ella no haría algo así. Algunas cosas simplemente se ven.

Ella es la única con la que estoy destinado a estar. Incluso su nombre sonó mágico cuando el forense lo pronunció.

¿Detectives Díaz y Beaumont? ¿Tienen un segundo?

Beaumont.

B-E-A-U-M-O-N-T.

CAPÍTULO 33

PARA EL FINAL DE LA TARDE, Teaghan, completamente exhausta —con los pechos cargados de leche y la cicatriz de la cesárea punzándole a lo bestia— finalmente sube fatigosamente por los escalones de su departamento.

Su día se extendió más de lo que esperaba. En la mañana, cuando despertó, pensaba que sólo estaba persiguiendo una pista falsa. Para el mediodía, esa pista se había vuelto evidencia pura, lo suficiente para convencer a sus superiores que W. Harold Posehn estaba vivo y ocupado asesinando a familias de todo Filadelfia.

Ah, qué sorprendidos y orgullosos estarían sus padres.

Para las dos de la tarde, los equipos SWAT estaban peinando el antiguo barrio de Posehn y las riberas del río Schuylkill en ambas direcciones. Los helicópteros de la policía cubrían la escena desde el aire. Después de que cerraran Kelly Drive —el popular camino frente al río que era una forma rápida de salir del centro— el tránsito empezó a complicarse por toda la ciudad. Mucha gente se pondría furiosa más tarde, cuando su viaje a casa se volviera un esfuerzo largo e interminable.

Y, claro, a la Teaghan Beaumont de antes le hubiera gustado estar en medio de la cacería, sin querer nada más que escuchar el satisfactorio doble clic de las esposas al rodear las muñecas del psicópata.

Pero la nueva Teaghan, la detective que además es mamá, sólo quiere cargar a su hijo y quizá descansar un poco.

Empuja su llave dentro de la cerradura de la puerta delantera y dice:

—Ya llegó mami.

Todavía es tan extraño decir eso.

Debido a la distribución angosta de su departamento, la puerta delantera da a un largo pasillo que lleva hasta la sala. A Teaghan le gusta pensar en el pasillo como su cámara de descompresión. Dejar todas las cosas de policía a la puerta y lentamente volverse a transformar en esposa —y ahora en madre— mientras camina por el pasillo.

Aunque eso rara vez funciona. Incluso antes de tener a Christopher, Teaghan no podía evitar arrastrar las cosas de policía hasta su espacio vital, a la cocina, incluso a la recámara. Imposible contar las veces que Charlie le preguntaba en qué estaba pensando, y ella mentía y decía que en *nada*. Porque la mayoría de esas veces estaba pensando en algo increíblemente macabro sobre alguna reciente escena del crimen. Incluso después de sus momentos más íntimos.

Ahora, mientras Teaghan se acerca a la sala, escucha al bebé llorar. ¡Oh, cielos! Vaya descompresión.

—Ya voy, cariño, espera —dice, desenfundando su pistola—. Mami tiene que guardar sus herramientas de trabajo.

Charlie y Teaghan discutieron sobre dónde guardar su pistola, ahora que había un niño en el departamento. Finalmente se decidieron por una caja de seguridad en el gabinete de arriba de la cocina, al menos hasta que el pequeño Christopher se ponga de pie y camine por todos lados. Luego tendrán que buscar otro lado.

—Quizás ese sea el momento en que empezaremos a pensar en una casa —dijo Charlie.

Ella dejó esa conversación para después.

—Superemos primero el trauma de ser nuevos padres —dijo.

Teaghan alcanza el gabinete y abre la puerta. Estirarse así le causa un poco de dolor, en especial con las cicatrices que todavía le duelen y los pechos listos para estallar.

Los fuertes llantos del bebé hacen que le duela todavía más.

—¿Y cómo estuvo tu día, Charlie? ¿Escribiste mucho? Nada.

Qué extraño que su marido no responda. Normalmente

le estaría pasando al bebé ansiosamente, como si se tratara de una papa caliente. ¿Será posible que se quedara dormido y de alguna manera no escuchara al bebé llorar desconsoladamente?

Teaghan baja la caja de seguridad, gira la combinación, la abre.

—¿Charlie?

CAPÍTULO 34

HA PASADO TIEMPO DESDE LA ÚLTIMA VEZ que cargué a un bebé.

Desde mi dulce Jennifer, hace un poco más de seis semanas. Lo que, admito, se siente como toda una vida.

Y ahora es momento de una vida nueva.

Cargo a este bebé, un precioso pequeño, y ni siquiera me molesta que esté gritando como loco. Los bebés hacen eso. Lo sé, me declaro culpable de haber sido impaciente cuando mis niños eran más pequeños, y le gritaba a Ruth por no mantenerlos callados. Pero ya aprendí la lección. Y cuando ya aprendiste la lección, lo haces mejor.

—Está bien, Christopher —murmuro, tratando de hacer que mi voz desconocida suene lo más tranquilizadora posible. Sé que los bebés pueden escuchar las voces de sus padres desde el vientre, y no cabe duda de que éste se ha acostumbrado al sonido de su padre biológico. Pero eso está bien. Los bebés se adaptan. Ya llegará a conocer mi voz.

—¿No es así, Christopher? —le susurro.

Conozco su nombre porque hay un estandarte en su habitación, probablemente un regalo de colegas o parientes políticos. BIENVENIDO, CHRISTOPHER, proclama con orgullo. Cómo quisiera haber estado presente durante el nacimiento. Bueno, supongo que con suficiente tiempo y fotos, se sentirá *como si hubiera estado ahí*.

Irrumpir en el hogar de un oficial de la policía fue sorprendentemente sencillo. Las viejas mansiones de piedra rojiza como ésta tienen ventanas en el sótano, justo como mi antigua casa. No tomó mucho esfuerzo abrir el cerrojo y deslizarme hacia el sótano, el cual resultó ser el piso con las recámaras (eso es inaceptable, por cierto. Tendré que llevar a mi nueva familia a un hogar adecuado, donde los pisos no estén al revés).

El anterior marido y padre —no conozco su nombre, ni me importa saberlo ahora— estaba ocupado escribiendo en su computadora portátil con sus grandes y estúpidas manotas cuando entré a hurtadillas a la habitación principal. El pobre inútil no tuvo la menor oportunidad.

Ni siquiera creo que el tipo se haya tomado la molestia de bañarse hoy. Los niños notan ese tipo de cosas. Si no te esfuerzas, ¿qué te hace pensar que ellos lo harán?

Es vergonzoso, en serio. Por lo visto aparecí justo a tiempo.

Miré su cuerpo, ahora incómodamente lánguido, y le dije:

—Eso es lo que te pasa por no estar atento. La crianza no es un pasatiempo, amiguito. Es un compromiso de tiempo completo.

Y entonces levanté a mi nuevo hijo por primera vez.

¡Ah, ese momento! Quisiera que hubieran estado ahí para tomar una foto.

Todo fue una sorpresa para la detective Beaumont, B-E-A-U-M-O-N-T, aunque probablemente debería de empezar a referirme a ella como Teaghan. Sería una tontería llamar a mi nueva esposa por su apellido.

Ahora que lo pienso, Beaumont probablemente sea su apellido de casada. Haré que lo cambie. Teaghan Posehn suena bien, ¿no creen? Aunque, tristemente, necesitaré un nuevo apellido también.

—¿Qué opinas, Christopher? —murmuro ahora—. ¿Cuál te gustaría que fuera tu apellido? Algo que vaya bien con Chris, creo. Todo esto por ti, mi pequeño príncipe.

Christopher llora como respuesta, pero eso está bien. Apreciará todos mis esfuerzos algún día.

Así que lo arrullo y me siento en el sofá... un futón, en realidad, que también tendrá que desaparecer. No quiero al pequeño Chris subiéndose por el futón y magullándose los dedos en las bisagras.

—¿Qué tal un gran sofá lleno de almohadas, caballero? Algo para que los tres nos acurruquemos a ver la televisión.

Y luego...

Clac.

La escucho.

—Ya llegó mami —llama una voz, la más hermosa que haya oído jamás. El tipo de voz que un hombre podría aprender a amar. Desde ahora siento que así debió ser siempre (lo siento, Ruth, pero es la verdad, solías ser un poco tóxica).

Y sé lo que van a decir. Que voy a repetir mis errores, que trabajaré demasiado y no tendré tiempo para mi familia. Pero, lo juro con la mano en la Biblia que voy a cambiar.

—Ya voy, cariño, espera —dice la dulce voz. Está incluso más cerca ahora. Justo en la puerta—. Mami tiene que guardar sus herramientas de trabajo.

Nuestro bebé llora incluso con más fuerza al escuchar la voz de su madre. Sabe que está por ocurrir algo emocionante. ¡No aguanta las ganas de que empiece su nueva vida! Será tan increíble.

—¿Y cómo estuvo tu día, Charlie? ¿Escribiste mucho?

Charlie. Bah, así que ese es el nombre del perdedor. Pues lo siento, Charlie, este barco está por zarpar. Gracias por la pequeña contribución biológica a nuestra pequeña familia.

—¿Charlie?

Ven aquí dentro... Teaghan, amor mío. Pasa por la puerta. Lo sé, al principio todo esto podría conmocionarte un poco.

Créeme, lo entiendo.

Y por eso traje mi pistola, sólo para asegurarme de que no hagas nada impulsivo. Una vez que escuches lo que tengo que decirte, estarás de acuerdo con que te estoy dando la oportunidad de tu vida.

No te preocupes, Christopher. Aquí viene mami...

CAPÍTULO 35

AL PRINCIPIO, TEAGHAN NO SABE exactamente cómo procesar la imagen frente a sus ojos.

W. Harold Posehn —el asesino psicópata al que está buscando toda la ciudad justo en este mismo momento— está tendido tranquilamente sobre el futón de su sala. Christopher está en sus brazos, llorando desconsoladamente.

—Hola, cariño —dice Posehn por encima del ruido—. Bienvenida a casa.

Hay una pistola en su mano, la cual sostiene tan casualmente como si fuera una mamila o un chupón. Pero tiene el cañón apuntando hacia ella.

¿Será una pesadilla? ¿Entró en un universo paralelo?

No.

Porque si este psicópata pudo saber el nombre de Díaz tan fácilmente, entonces el suyo también. Ella es simplemente la siguiente en su lista.

Teaghan quiere gritar, *¡Entrégame a mi hijo!* Pero ésa es la madre dentro de ella. La detective toma el control, porque es la única que posiblemente podría salvarlos a todos.

—Señor Posehn —dice Teaghan—. Debo admitirlo, me sorprende un poco verlo aquí.

—Por favor, llámame Will. Todo eso de la inicial y el segundo nombre era por mi padre, Harold. Nunca me gustó. Pero a veces uno termina haciendo cosas que hacen felices a los papás.

—Vaya que lo sé —dice Teaghan, forzando una sonrisa despreocupada sobre un rostro que quiere gritar—. Oye, mi bebé está realmente alterado. ¿Te molesta pasármelo para que pueda, ya sabes, darle un poco de pecho?

—Todavía no —dice Posehn—. Quiero aclarar algunas cosas primero.

Es imposiblemente difícil para Teaghan tragarse su enojo, pero dice:

—Está bien.

Le lanza una mirada a la pistola. ¿Eso fue lo que usó para amenazar a Franny para que le disparara a su familia? Esa era la única manera en que tenía sentido. Franny amaba a su marido y a su familia; no había manera de que volteara una pistola sobre la sangre de su sangre. Primero se arrancaría las manos a mordidas.

Yo lo atraparé por ti, Franny, piensa. *Lo destruiré por lo que le hizo a tu familia.*

—Sé que el pequeño Christopher está llorando a todo

pulmón —dice Posehn—, pero en realidad soy estupendo con los niños. Quiero decir, *puedo* ser estupendo con los niños.

—Tiene mucha hambre —dice Teaghan—. Por favor déjame darle de comer.

—¡Todavía no! —espeta Posehn—. Déjame acabar. —Suspira, luego niega con la cabeza, como si intentara poner en orden las ideas—. Sé que eres una mujer profesional y ocupada. Sólo tuve que verte una vez en la escena del crimen en la calle Christian y pensé para mis adentros: esa sí es una mujer dedicada a su carrera. Al ser un antiguo abogado adicto al trabajo, eso lo puedo apreciar.

—¿Y qué hay de Ruth? —pregunta Teaghan—. ¿Ella no apreciaba cuánto trabajabas?

Posehn retrocede, como si ese nombre fuera una bofetada en su rostro.

—Me guardaba secretos —dice calladamente—. Debió haberme dicho...

—¿Qué cosa?

—Estábamos construyendo una vida juntos. Y luego, un día, decidió tirarlo todo por la borda. No tenía derecho a hacer eso.

—Entonces la castigaste. Así como castigaste a los Cooke, a los Pancoast y a la familia de mi compañero.

Posehn no reacciona por un momento, como si su cerebro fuera una computadora que entró en la modalidad de reposo. Luego parpadea y espeta.

—¿Los Cooke? Ay, si hubieras conocido a esa gente insufrible, tú misma me habrías rogado que los castigara. Los hubieras escuchado quejándose antes de la cena. "¡Ay, eso no me gusta!" o "¡Ahh por qué a Jay le toca usar el BMW esta noche!", "¡Sólo podré pasar seis semanas en la playa en vez del verano completo!". Los hubieras oído.

—Eso no quiere decir que tuvieran que morir.

—Ah, sí, tenía que hacerlo. No eran una familia. Estaban engendrando monstruos. Y esos monstruos habrían engendrado a más monstruos a su vez, y el mundo entero estaría infestado.

—Así que los mataste.

Teaghan, la detective, estaba entrenada para extraerle una confesión a cualquier sabandija, aunque no estuvieran en una sala de interrogatorios. Ay, cómo deseaba que estuvieran en una de esas salas en vez de aquí, en el corazón de su hogar.

—*Yo* no los maté —dice Posehn—. Lo hizo mami Eleanor. Yo simplemente me escondí en la alacena hasta que llegó la hora de agregar la cantidad justa de *especias* a la sopa. Era *bisque* de verduras otoñales con prosciutto crujiente, por cierto, muy rústica, lo que hizo que fuera muy fácil poner un poco de arsénico en la mezcla. ¿No es así como las ancianas matan a la gente? Eso pensé.

—Y luego te quedaste para terminar con ella con unos analgésicos. ¿Tuviste que dárselos a la fuerza? ¿O ya estaba en shock después de ver a toda su familia morir?

Posehn suspira con exasperación.

—El asunto es que ya terminé con todo eso. Sólo quiero ser un padre de familia. Lo único que deseo es cuidar a este niño y a ti, como ambos se merecen. De una manera que no les podía proporcionar tu anterior marido.

¿Anterior marido? Oh, no... Charlie...

Teaghan siente que sus músculos se convierten en cables de acero. Si este psicópata lastimó a su marido, lo despedazará por completo.

—¿Qué le *hiciste*?

—No pienses en eso ahora —dice Posehn—. Quiero que abras la mente y te enfoques en las posibilidades que tenemos nosotros. No es tan loco como suena.

Pero Teaghan no está pensando en el *nosotros*. Está pensando en la caja de seguridad en la barra de la cocina.

Y en cómo está muy, muy contenta de no haber guardado su revólver de servicio antes de poner un pie en la sala.

CAPÍTULO 36

NO SÉ SI LA ESTOY CONVENCIENDO.

Después de todo, Teaghan es policía; está entrenada para fingir. He visto a muchos policías en el estrado de los testigos que merecen un Premio de la Academia. Prometen que te ayudarán y que serán tus amigos, justo hasta el momento en que te limpian el brazo con algodón y se preparan para clavarte la inyección letal.

Pero es tan importante que Teaghan confíe en mí. Si no, esta tarde irá por un rumbo completamente distinto. Y, créanme, nadie quiere eso. Yo menos que todos. Con todo el esfuerzo que le he dedicado a esta nueva relación hasta el momento, detestaría tener que empezar de nuevo otra vez.

—¿Qué opinas, Teaghan? —pregunto.

—Si quieres que haya un *nosotros* —dice Teaghan, mirándome directamente a los ojos—, entonces déjame alimentar al bebé para que podamos hablar en paz.

Y por un microsegundo, le creo totalmente. *Así de buena*

es. Sus ojos brillantes se cruzan con los míos, diciéndome que prácticamente ya somos marido y mujer. Y el bebé en mis brazos es realmente nuestro. Así que, claro, ¿por qué no habría de dejar que le dé pecho? Es la cosa más natural del mundo. ¿Qué estoy diciendo? Es quizás el momento más hermoso entre una mujer y un niño, y será un privilegio para mí verlo.

—Así es —dice calladamente— dámelo.

Pero entonces veo que su mano derecha se mueve rápidamente hacia la parte baja de la espalda. Y veo una ligera mueca en su rostro, porque el movimiento claramente le duele.

Verán, las cicatrices de la cesárea probablemente todavía están sensibles. La vi cuando caminaba por la escena del crimen en la calle Christian. Le dolía moverse.

Y apostaré lo que sea que no ha sacado así la pistola desde que la sometieron a la cirugía. No se dio cuenta de cuánto la lastimaría.

Probablemente nada comparado con lo que me duele a mí ahora. Todos mis sueños destrozados en un segundo. Justo como hace seis semanas. ¿Por qué es tan difícil ser padre estos días?

Ni hablar. Supongo que esta tarde *sí* tendrá que tomar otro rumbo.

Suspiro y jalo el gatillo.

CAPÍTULO 37

LA BALA LE DA A TEAGHAN en la parte superior del brazo e impulsa su cuerpo hacia atrás, azotándola contra el muro de la sala.

Lo extraño es que Christopher deja de llorar de inmediato, incluso mientras el disparo sigue reverberando contra las paredes del departamento. La detonación debe ser ensordecedora para sus diminutos oídos. O se asustó al grado de quedarse en silencio, o le reventó los tímpanos.

El dolor en el cuerpo de Teaghan es irreal, como si alguien hubiera blandido un mazo directamente contra su bíceps, aplastando el hueso y adormeciendo de inmediato su extremidad hasta llegar a las puntas de los dedos.

Nunca antes le habían disparado. La sola idea siempre la llenó de una especie de temor existencial, porque su trabajo tiene todo que ver con colocarse entre los civiles inocentes y las armas de hombres muy malos. A veces se quedaba despierta toda la noche, pensando en cómo se sentiría.

Pero, para su sorpresa, el dolor no es nada comparado con

lo que experimentó durante su parto y durante las secuelas de la cirugía.

Y, además, no es nada comparado con la ardiente ira que siente ahora.

Fue la detective quien trató de disuadirlo para salir de esta horrible situación, pero ahora es la madre quien con la mano izquierda sujeta la empuñadura del revólver. Porque Teaghan, la madre, hará lo que sea para proteger a su familia.

Incluyendo apuntar la pistola con una mano con la que nunca antes ha practicado y apretado el gatillo.

Un chorro de sangre sale del hombro derecho de Posehn, a apenas unos centímetros de la cabeza del bebé. La pistola cae de su mano sobre el piso de duela con un golpe seco.

—¡Ahhh! —grita Posehn, no tanto por el dolor como por la traición—. ¿Co... cómo pudiste? ¡Yo te quería dar todo! ¿Y así es como me tratas? ¿Sin siquiera *hablar* conmigo?

El psicópata coloca su otra mano alrededor del cuello del bebé. La cabeza de Christopher se ve tan diminuta al lado de los dedos adultos de Posehn.

Teaghan grita, apunta y vuelve a disparar, y esta vez hacia el hombro izquierdo de Posehn. Retira su mano de Christopher, y todo su cuerpo empieza a retorcerse sobre el futón, incapaz ya de mover cualquiera de los dos brazos.

—Haré lo mismo contigo que con Ruth. Pregúntale. ¡Y entonces verás lo que ocurre cuando me retas!

El bebé, todavía en silencio conmocionado, empieza a caer de las piernas del psicópata, quien lo tiene al borde de sus rodillas.

Teaghan suelta su revólver y mordiéndose la lengua para evitar desvanecerse, se lanza hacia delante con el brazo y se impulsa con las piernas...

Su bebé está gritando y cayendo...

Pero la mano de mami está ahí para evitar su caída.

Lo ciñe hacia ella y ya no siente ningún dolor.

Sólo tocarlo, sólo olerlo, ése es el único anestésico que necesita.

CAPÍTULO 38

TEAGHAN ABRAZA A SU BEBÉ mientras van a buscar a Charlie.

El psicópata está desmayado en su futón, lo más seguro es que por la conmoción y por la pérdida de sangre, y Teaghan ya avisó a la policía. Espera que los oficiales derriben su puerta principal en cuestión de minutos.

Pero hay algo que no permitirá, y eso es que alguien más le diga lo que le pasó a Charlie. Lo tiene que ver con sus propios ojos.

Así que se dirige abajo por los escalones de madera hacia el sótano, con las piernas extremadamente temblorosas por el peso de su cuerpo. *Por favor, no quiero desmayarme*, reza. *Déjame mantenerme bajo control el tiempo suficiente como para verlo una última vez.*

Christopher, quizá detectando el temor de su madre, empieza a protestar de nuevo.

—Está bien, mi niño —susurra—. Todo va a salir bien.

Ella misma no lo cree, pero a veces los padres tienen que ser la piedra de toque en este tipo de situación.

Se afianza contra el marco de la puerta y se asoma.

El cuerpo de Charlie está en la habitación, extendido sobre su cama, su cabello húmedo de sangre. Su computadora portátil está abierta en el piso, extendida como una mariposa de plástico. Probablemente estaba escribiendo, aprovechando la siesta del bebé, cuando el psicópata entró a la fuerza y lo sorprendió a medio párrafo.

Su pobre y dulce marido.

Tu anterior marido...

CAPÍTULO 39

TEAGHAN AGUANTA LA RESPIRACIÓN y toma la muñeca de su marido, suponiendo que estará fría, esperando que la represa emocional estalle ya, en cualquier instante.

En vez de eso, Charlie se mueve, gime, despierta, y sus manos revolotean por doquier como peces moribundos; trata de descifrar lo que le rodea.

—Es... tá bien —dice—. Ya desperté, ya desperté, voy por el bebé...

—¡Charlie! —exclama Teaghan

Christopher mira con sorpresa a su madre. Nunca antes la había escuchado usar ese tono de voz.

Teaghan no puede levantar a su marido y sostener a su bebé al mismo tiempo, así que opta por la mejor alternativa, acurrucarse en la cama junto a él, con el bebé entre los dos. Sabe que esto no durará mucho. Para empezar, le duele con locura cualquier tipo de presión sobre su brazo derecho. Por otro lado, sus colegas estarán aquí pronto, y deberán llevarlos a todos al hospital. Aunque los médicos tendrán una pelea endemoniada si creen que a Teaghan le van a quitar a Christopher por siquiera un segundo.

—Cariño —dice Charlie, todavía mareado, sus ojos finalmente se fijan sobre los de su esposa y le sonríe como tonto—. Llegaste temprano.

ACERCA DE LOS AUTORES

JAMES PATTERSON ha escrito más *best sellers* y creado personajes de ficción más entrañables que cualquier novelista de la actualidad. Vive en Florida con su familia.

DUANE SWIERCZUNSKI ha sido nominado al Edgar, es ganador del Anthony Award y es autor de *Canary* y *Revolver*. También ha escrito comics y guiones para la televisión y el cine.

DOS CUERPOS LLEGARON A LA MORGUE, UNO AÚN RESPIRABA

Una mujer ingresa a la habitación de un hotel
con un hombre que no es su esposo.
Un tirador se lleva al amante y hiere a la millonaria,
dándola por muerta.
¿Es el caso perfecto para EL CLUB CONTRA EL CRIMEN,
o sólo el más retorcido?

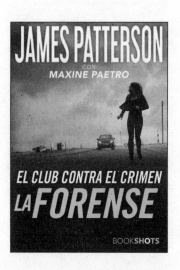

**Lee el adelanto de *La forense,* una historia
de la serie de EL CLUB CONTRA EL CRIMEN,
disponible en:**

BOOKSHOTS

PRÓLOGO

EL INSPECTOR RICHARD CONKLIN dirigía lo que debía ser una entrevista sin complicaciones con una víctima. La mujer era la única testigo de un homicidio.

Pero la señora Joan Murphy no estaba haciéndole nada fácil el trabajo a Conklin. Estaba consternada, traumada y posiblemente un poco caprichosa, como era comprensible. Como resultado, había sacado del camino la entrevista, la había metido dentro de un bosque oscuro y llevado al borde de un precipicio.

No había visto nada, no podía recordar nada. Y, para empezar, no entendía por qué la estaba entrevistando un policía.

—Ni siquiera sé por qué estoy aquí.

La afirmación hizo que Conklin de inmediato se preguntara: *¿Qué está escondiendo?*

Se hallaban en un cuarto en el hospital St. Francis Memorial. La señora Murphy estaba recostada en una cama con el brazo derecho envuelto en un cabestrillo. Tenía cuarenta y tantos años y estaba muy agitada. Tenía el rostro tan tenso que Conklin pensó que posiblemente se le había pasado la mano con la cirugía cosmética. Eso, o así se veían los efectos secundarios de una experiencia cercana a la muerte.

En este momento, la señora Murphy estaba mirando a través del cuarto de hospital como si estuviera a punto de lanzarse a toda velocidad por la ventana. A Conklin le recordó ese video viral de un venado que se metió a una tienda de abarrotes, luego saltó sobre la caja registradora y el exhibidor de pretzels, antes de estrellarse por los ventanales de vidrio.

—Señora Murphy —dijo.

—Llámame Joan.

Una enfermera entró por la puerta y preguntó:

—¿Cómo se siente, señora Murphy? Abra bien la boca, por favor —le colocó un termómetro bajo la lengua y, después de un minuto, observó los números y tomó nota en su historial médico.

—Todo está normal —dijo alegremente.

Qué fácil para usted decirlo, pensó Conklin.

Volteó a ver a la mujer en la cama, y le dijo:

—Joan, me mortifica verla tan alterada. Entiendo por completo que a cualquiera le trastorna que le disparen en esas condiciones. Por eso quisiera que comprenda que debo descubrir qué sucedió.

La señora Murphy no era una sospechosa. No la habían arrestado. Conklin le había asegurado que, si ella le pedía que se saliera del cuarto, lo haría. Sin problemas.

Pero eso no era lo que él quería. Conklin necesitaba entender las circunstancias que habían transformado a esta mujer en víctima y que habían matado al hombre que se encontraba con ella.

Tenía que comprender qué tipo de caso era, para poder apresar al culpable.

—No te preocupes. No me das miedo, Richard —le dijo Joan, mirando más allá de él, por la ventana—. Lo que me altera es todo lo que dijiste. No creo haber estado junto a un cadáver. No recuerdo casi nada, pero me parece que me acordaría de eso. Sinceramente, ni siquiera considero que haya sucedido.

Sacudió la cabeza con desesperación, y las lágrimas salieron rodando de sus mejillas. Hundió la barbilla hasta el pecho y sus hombros se agitaron con el llanto.

Conklin alcanzó una caja de pañuelos desechables y se los ofreció a su desconsolada testigo, quien estaba teniendo un colapso frente a él.

Acercó su silla poco a poco a la cama y dijo:

—Joan, por favor trate de entenderlo. Sí sucedió. Tenemos el cuerpo. ¿Lo quiere ver?

Ella sacó un pañuelo de la caja, se dio unas palmaditas en los ojos y se sonó la nariz.

—¿Es necesario que lo haga?

Conklin dijo:

—Creo que sería lo mejor. Podría refrescarle la memoria. Mire, me quedaré con usted y se puede apoyar en mí.

—¿Y luego me llevas directamente a mi casa?

—Claro que lo haré. Hasta pondré las sirenas.

CAPÍTULO 1

CINDY THOMAS, reportera en jefe de la sección policiaca del *San Francisco Chronicle*, entró, como a su casa, por la puerta principal del Café de Susie. Se abrió paso entre la estrepitosa multitud del recinto principal, pasó junto a la banda de tambores metálicos y el bar colmado de gente y se enfiló por el pasillo hasta la parte de atrás. Estaba atestada, de pared a pared, de la gente que iba a cenar los sábados en la noche.

Vio un gabinete vacío y una mesa recién desocupada, y le pidió asistencia al mozo mientras empujaba la mesa hacia el gabinete.

—¿Cuántas personas son? —le preguntó el ayudante.

—Somos seis —respondió ella—. Espero que en la cocina no se les acabe el pollo al mango. Es nuestro favorito.

De los seis asistentes, cuatro son ella y sus amigas más cercanas del Club contra el crimen: Lindsay Boxer, investigadora de Homicidios del Departamento de Policía de San Francisco; Claire Washburn, médica forense en jefe; y Yuki

Castellano, asistente fiscal de distrito. Esta noche, los dos asientos adicionales serán para el marido de Lindsay, Joe Molinari, y para el amado prometido de Cindy, Rich Conklin, quien también era compañero de Lindsay en el trabajo.

Fue una broma cuando, hace años, Cindy les puso de apodo el Club contra el crimen, pero el mote se les había quedado porque les gustó. Las chicas se reunían con regularidad en el Café de Susie, su casa club, para desahogarse, hacer lluvias de ideas y atiborrarse de comida caribeña y cerveza de barril. De vez en cuando resultaba agradable dejarse llevar por la corriente con un "no te preocupes y sé feliz".

Definitivamente habría carcajadas en el menú de esta noche.

Lindsay había estado cubriendo dobles turnos en un trabajo de por sí estresante, y hace poco la habían asignado a una lúgubre misión con los cuerpos especiales de antiterrorismo. Su esposo, Joe Molinari, todavía se estaba recuperando de las heridas causadas por un bombardeo terrorista relacionado con ese mismo caso.

Probablemente por eso la hermana de Lindsay ofreció llevarse a su pequeña sobrina Julie, con ella y con sus hijas a pasar la semana. Todo estaba listo. Lindsay y Joe saldrían en la mañana a pasar unas vacaciones bien merecidas en Mendocino, una escapada a un lugar que quedaba a 240 kilómetros al norte de San Francisco.

Cindy estaba emocionada por ellos. Pidió cerveza y papas

fritas para la mesa, y ya se había acomodado en el banco cuando llegaron Lindsay y Joe. Los tres se abrazaron, y luego la alta y rubia policía y su guapo marido se acomodaron en el gabinete.

Lindsay dijo:

—Creo que me quedaré dormida en el coche y luego pasaré toda la semana en cama. Es inevitable.

Joe abrazó a Lindsay, la acercó hacia él y le dijo:

—Si eso sucede, no habrá queja alguna de mi parte.

—Está bieeeeen —dijo Cindy. Una vez servida la cerveza en los tarros escarchados, ofreció el primer brindis—. Por la lluvia —dijo—, por el tamborileo suave de la llovizna y por la falta de señal de *wifi*.

—Brindemos por eso —dijo Lindsay.

Los tarros chocaron, Lindsay sorbió un poco de cerveza y, después de bajar su bebida, le preguntó a Cindy:

—¿Estás segura de que estás dispuesta a cuidar a Martha? Ya sabes que está acostumbrada a ser la líder.

Lindsay se refería a la mejor amiga canina de su familia, una vieja *border collie* a la que se le había estirado un tendón, y el médico le había dado órdenes de reposo absoluto.

—Creo que lo puedo manejar. Después de todo, yo también estoy acostumbrada a mandar —dijo Cindy con un guiño.

BOOK**SHOTS**

Esta obra se imprimió y encuadernó
en el mes de diciembre de 2017,
en los talleres de Impregráfica Digital, S.A. de C.V.,
Calle España 385, Col. San Nicolás Tolentino,
C.P. 09850, Iztapalapa, Ciudad de México.

31901063667630